Le Livre de Poche Jeunesse

L'ÉTRANGE CAS DU DR. JEKYLL ET DE MR. HYDE

ROBERT LOUIS STEVENSON

L'ÉTRANGE CAS DU DR. JEKYLL ET DE MR. HYDE

Traduction de Jean Muray

1

Histoire de la porte

M. Utterson exerçait la profession d'avoué[1]. Cet homme possédait un visage sévère, que n'éclairait jamais un sourire. Il était froid, s'exprimait avec difficulté et d'ailleurs parlait peu. Avec cela, maigre, long, poussiéreux, ennuyeux et d'une modestie extrême. Il lui arrivait pourtant d'inspirer la sympathie.

Dans les réunions amicales, quand il avait trouvé le vin savoureux, une lueur s'allumait dans ses prunelles. Elle donnait à son regard quelque chose d'humain qu'on apercevait rarement dans ses pro-

1. Représentant en justice.

pos, mais qu'on retrouvait dans l'expression de ses traits après dîner, et plus encore dans les actes de sa vie. Si elle s'épanchait rarement dans ses propos et ne le rendait pas plus bavard, elle se reflétait, le repas terminé, dans l'expression de ses traits et imprimait à ses gestes une force inattendue.

Très exigeant pour lui-même, il ne buvait que du gin quand il était seul pour se punir d'aimer les bons vins.

Bien qu'il fît grand cas du théâtre, il n'avait pas, depuis vingt ans, franchi une seule fois le seuil d'une salle de spectacle.

Il montrait pour autrui une indulgence infinie et il lui arrivait de s'étonner, presque avec envie, de la fougue avec laquelle ses semblables se laissaient entraîner à de mauvaises actions. Mais, devant une faute, quelle qu'elle fût, il était toujours prêt à aider plutôt qu'à blâmer. Souvent, il disait en plaisantant :

« Je suis un peu comme les Caïnites, ces hérétiques[1] qui vivaient au deuxième siècle de notre ère et qui avaient tendance à laisser le pécheur prendre en toute liberté le chemin de l'enfer ! »

Cette disposition de caractère lui valut d'être l'ami de certains hommes déjà très engagés sur la pente du mal, ce qui lui permit souvent d'exercer sur eux, jusqu'au bout, une bonne influence. À

1. Qui soutiennent une opinion contraire aux idées reçues.

l'égard de ces hommes-là, il restait le même aussi longtemps qu'ils fréquentaient sa maison.

Il n'éprouvait sans doute aucune difficulté à garder cette attitude. En effet, très peu démonstratif, il traitait ses amis de la même façon, avec une bienveillance dont tous recevaient une part égale. En outre, M. Utterson devait être un homme simple, car il acceptait, sans la moindre distinction, tous ceux qui venaient à lui. Ses relations se composaient principalement des membres de sa famille et de personnes qu'il connaissait depuis longtemps. Chez lui, l'amitié croissait avec lenteur, comme le lierre. Elle n'exigeait, de ceux qui la recevaient, aucune qualité particulière. Cela expliquait sans doute les liens qui l'unissaient à M. Richard Enfield, personnalité londonienne et l'un de ses parents éloignés. Beaucoup se demandaient ce qui avait bien pu les attirer l'un vers l'autre et s'ils partageaient un seul sujet d'intérêt. Les passants qui les croisaient dans leurs promenades dominicales juraient que ces inséparables ouvraient rarement la bouche, paraissaient d'humeur chagrine et semblaient accueillir avec soulagement l'apparition d'une tierce personne. Cela n'empêchait pas les deux promeneurs d'accorder la plus grande importance à ces singulières excursions dominicales. À leurs yeux, c'était l'événement principal de la semaine. Pour en profiter à fond, avec une totale liberté de mouvement, ils refusaient toutes invitations et occasions de s'amuser. Ils résistaient même à l'appel, pourtant puissant, de leurs affaires !

Un dimanche après-midi, alors qu'ils flânaient ainsi dans un quartier animé de Londres, ils se trouvèrent à passer par une rue latérale assez peu fréquentée, mais où le commerce, les jours ordinaires, était très actif. Les habitants avaient cet aspect florissant des gens riches qui espèrent s'enrichir encore davantage. Ils dépensaient leurs bénéfices en embellissements et transformations qui donnaient à leurs boutiques l'aspect engageant d'une rangée de vendeuses souriantes.

Bien sûr, le dimanche, la rue, presque déserte, fermait ses boutiques et cachait ses splendeurs. Pourtant, elle restait bien différente des autres rues du quartier. Elle brillait du même éclat qu'un feu au milieu d'une sombre forêt. Avec les volets fraîchement peints de ses maisons et son aspect général de propreté heureuse, elle attirait et réjouissait le regard des passants.

Cependant, après la deuxième maison de gauche, l'alignement était brisé par l'entrée d'une cour et par un haut bâtiment assez sinistre dont le pignon avançait sur la rue. Ce bâtiment, qui avait deux étages, ne possédait aucune fenêtre. Seule ouverture : une porte au rez-de-chaussée, où l'on accédait par un perron. Mais tout cela délabré, décoloré et trahissant une longue négligence. Sans heurtoir[1] ni sonnette, la porte étalait une peinture écaillée et ternie. Les vagabonds avaient coutume de se réfugier dans le renfoncement. Ils frottaient des allumettes sur le panneau de la porte. Des enfants tenaient boutique sur les marches. Des générations d'écoliers avaient essayé leurs couteaux sur les moulures de l'escalier. Depuis vingt ou trente ans, personne n'était apparu pour chasser ces intrus ou pour réparer leurs déprédations[2].

L'avoué Utterson et M. Enfield marchaient sur le trottoir d'en face. Quand ils arrivèrent à hauteur du bâtiment sans fenêtres, M. Enfield leva sa canne et demanda :

« Avez-vous jamais remarqué cette porte ? »

Son compagnon ayant répondu affirmativement, M. Enfield ajouta :

« Elle est liée dans ma mémoire à une histoire très étrange.

— Vraiment ? fit M. Utterson d'une voix imperceptiblement changée. Quel genre d'histoire ?

— Eh bien, voilà. Une sombre nuit d'hiver, à trois heures du matin environ, je revenais d'un quartier de Londres très éloigné de celui que j'habite. Mon itinéraire traversait une partie de la ville où il

1. Petite pièce de fer placée sur une porte et qui sert à annoncer son arrivée.

2. Vols, pillages.

n'y avait à contempler que des réverbères. Des rues, encore des rues où tout dormait – des rues, encore des rues illuminées comme pour une procession et aussi vides qu'une église – si bien que j'en arrivai de plus en plus à tendre l'oreille et à souhaiter la présence d'un policeman. Soudain, j'aperçus deux silhouettes qui allaient à la rencontre l'une de l'autre. La première était celle d'une sorte de nain qui marchait en clopinant d'un pas rapide. La seconde me parut une petite fille de huit à dix ans. Elle descendait, en courant de toute la vitesse de ses jambes, une rue transversale. Naturellement, au croisement, l'homme et la petite fille se heurtèrent avec violence. Il ne pouvait guère en être autrement, n'est-ce pas ? Mais quelque chose me laissa muet de stupeur. L'homme, relevé le premier, piétina avec le plus grand calme la petite fille qui hurlait de souffrance, puis il s'éloigna en la laissant sur le sol. Il n'y a pas de mots assez forts pour raconter une scène semblable. Sachez seulement qu'elle était affreuse. »

Après avoir respiré plusieurs fois à fond, M. Enfield ajouta :

« Je m'élançai en poussant un cri d'alarme. Je n'eus aucune peine à rattraper le nain. Je le saisis au collet et le traînai jusqu'à l'endroit où plusieurs personnes étaient déjà rassemblées autour de la petite fille qui continuait à hurler. Il ne protesta pas, ne m'opposa aucune résistance. En revanche, il me jeta un coup d'œil si effrayant que je sentis la sueur m'inonder de la tête aux pieds. Parmi les personnes qui entouraient la petite fille, il y avait ses parents. Bientôt apparut le docteur, celui que l'enfant avait eu mission d'aller chercher l'instant d'avant.

« – Rien de grave, déclara-t-il. Plus de peur que de mal. »

De nouveau, M. Enfield reprit sa respiration avant de poursuivre :

« Vous supposez peut-être, mon cher ami, que l'histoire est terminée. Erreur ! En effet, il se produisait un phénomène inattendu. Dès le premier regard, j'avais pris le nain en aversion. Et bien sûr, les parents de la petite victime éprouvaient la même répugnance. Mais l'attitude du médecin me surprit au plus haut point. C'était le type même du simple médecin de quartier, sans couleur et sans âge, un Écossais au fort accent d'Edimbourg qui ne semblait pas posséder plus de sensibilité qu'une cornemuse. En tout cas, il était comme nous tous : chaque fois que son regard se posait sur mon prisonnier, je sentais qu'il réprimait une envie folle de l'étrangler. Moi aussi, je devais résister à cette envie, et le médecin le savait. Naturellement, il ne pouvait être question de nous livrer à de telles extrémités. Alors, nous fîmes ce qui nous parut convenable en la circonstance. En quelques phrases, nous avertîmes le nain que nous étions prêts à tout pour déclencher un scandale qui se répandrait d'un bout à l'autre de Londres, le compromettrait à jamais et lui ferait perdre ses amis et sa réputation, s'il en avait une. Pendant que nous le mettions ainsi, sans le moindre ménagement, au courant de nos intentions, il nous fallait en même temps tenir les femmes à distance, elles étaient aussi déchaînées que des harpies. Je n'ai jamais vu visages aussi haineux ! L'homme bougeait à peine. Il se contentait de ricaner avec une sorte de sombre froideur. Cependant, je me rendis compte qu'il éprouvait de la crainte, mais il s'en tirait avec une habileté diabolique. Il nous dit : “Si vous voulez faire un scandale au sujet de... cet incident, je ne puis m'y opposer, bien entendu. Tout le monde déteste être montré du doigt. Je suis prêt à dédommager. Fixez vous-même votre prix. ” »

M. Enfield parut réfléchir un instant, les yeux au sol, puis il continua :

« C'était pour les parents de la petite fille que nous voulions de l'argent. Une discussion s'engagea. Nous exigions cent livres. L'homme ergota[1], cher-

---

1. Trouver à redire sur tout.

cha des faux-fuyants[1]. Il lançait des coups d'œil à droite, à gauche, comme s'il cherchait à nous brûler la politesse. Enfin, comprenant que nous étions capables de lui faire un mauvais parti, il préféra céder. Alors il ne nous resta plus qu'à le contraindre à tenir parole. Il nous dit : "Suivez-moi. " Et savez-vous où il nous conduisit ? Ici même, devant la porte où nous nous tenons en ce moment ! Il tira une clef de sa poche, la tourna dans la serrure, entra dans la maison et, presque aussitôt, reparut avec dix livres en pièces d'or et un chèque représentant la différence, soit quatre-vingt-dix livres. Ce chèque était sur la banque Coutts, payable au porteur et signé d'un nom... très connu, mais sur lequel je dois garder le silence. Je le regrette d'autant plus qu'il représente dans mon histoire un détail très intéressant. Le montant du chèque était élevé. Mais la signature valait encore bien plus cher... en admettant qu'elle fût authentique. Je fis remarquer à mon prisonnier qu'il y avait dans tout cela quelque chose de louche, qu'on n'entre pas, les mains vides, à quatre heures du matin, dans une maison, pour en ressortir moins d'une minute plus tard avec dix livres en monnaie et un chèque de quatre-vingt-dix livres portant une signature qui n'est pas la vôtre. Mais, lui, goguenard, me répliqua : "Vous vous tra-

1. Moyens détournés par lesquels on évite de s'expliquer.

cassez pour rien ! Je reste avec vous jusqu'à l'ouverture de la banque. Je présenterai le chèque moi-même. ”

« Nous voilà donc partis. Nous étions quatre : le médecin, le père de la petite fille, mon prisonnier et moi-même. Nous passons le reste de la nuit dans mon appartement. Le lendemain, après le petit déjeuner, nous prenons le chemin de la banque Coutts. C'est moi qui présente le chèque au guichet en précisant qu'il s'agit probablement d'un faux. Pas du tout, la signature est authentique.

— Stupéfiant ! s'exclama M. Utterson.

— Je vois que vous pensez comme moi. Une bien triste histoire, en vérité. Mon prisonnier était de ces individus que personne ne désire fréquenter, un démon comme je l'ai déjà dit. Et le chèque portait la signature d'un homme considéré par tout le monde comme un vrai gentleman et réputé, ce qui semble un comble, pour sa bienfaisance ! Je suppose qu'il s'agissait d'une affaire de chantage. Il arrive trop souvent qu'un honnête homme soit contraint par un maître chanteur à payer jusqu'à la fin de ses jours pour quelque peccadille de jeunesse. J'ai donc appelé “la maison du chantage” ce bâtiment étrange, sans fenêtres, devant lequel nous bavardons. Malheureusement, ajouta M. Enfield, cela n'explique pas tout... »

Sur ces mots, il s'abîma dans une profonde méditation, dont M. Utterson le tira un peu rudement :

« Savez-vous si le signataire du chèque habite ici ?

— Vous ne voudriez pas qu'il habite un pareil taudis ? Cependant, il se trouve que j'ai remarqué son adresse. Il habite dans un square quelconque...

— Et vous n'avez jamais posé de questions sur cet endroit-ci ? dit M. Utterson.

— Jamais, cher ami, répondit M. Enfield. Et cela, voyez-vous, par une sorte de scrupule... Poser des questions... Non, décidément, je n'aime pas ça. J'aurais l'impression de participer au Jugement dernier... Chaque question est comme une pierre que vous lancez. Vous êtes vous-même bien tranquillement perché au sommet d'une colline. La pierre vole, tombe, entraîne d'autres pierres. Bientôt, un innocent quelconque, que vous ne connaissez même pas, est frappé à la tête au milieu de son jardin. Et voilà une famille en deuil ! Cela vous explique pourquoi, plus une affaire me paraît singulière, moins je questionne.

— La règle est excellente, admit M. Utterson.

— N'empêche, continua M. Enfield, que je l'ai examinée, notre maison ! D'ailleurs, est-ce vraiment une maison ? Il n'y a qu'une porte, que personne n'emprunte, pas plus pour entrer que pour sortir, sauf, de temps à autre, le petit homme démoniaque dont je vous parlais tout à l'heure.

« Comme vous l'avez certainement remarqué, il n'y a aucune fenêtre en façade. Sur la cour, il y en a trois, toutes au premier étage. Elles sont toujours fermées, mais en bon état. Il y a aussi une cheminée qui fume souvent. Donc, quelqu'un vit derrière ces murs. Et encore, ce n'est pas démontré. En effet, dans la cour, les maisons ne semblent en former qu'une seule. On jurerait que rien ne les sépare. Où commence l'une ? Où finit l'autre ? Bien difficile de le dire. »

Les deux amis reprirent leur marche et restèrent un moment livrés à leurs réflexions. Puis, M. Utterson rompit le silence :

« Mon cher Richard, c'est une bonne chose d'être prudent comme vous l'êtes.

— Oui, je crois.

— Il y a toutefois un détail que j'aimerais connaître : le nom de l'homme qui piétina la petite fille.

— Je ne vois pas pourquoi je refuserais de vous le confier, dit M. Enfield. Il s'appelle Hyde.

— Quel genre d'homme ?

— La description n'est pas facile. Toute sa personne a quelque chose d'oblique[1], de faux, de très antipathique. Je n'ai jamais rencontré un individu aussi déplaisant. Je suppose qu'il souffre d'une infirmité, d'une anomalie quelconque. Mais là encore, je suis bien obligé de rester dans le vague. En vérité, un homme plutôt hors du commun... sans rien pourtant de remarquable. Surprenant, n'est-ce pas ? J'ai beau chercher, je ne trouve pas un seul trait caractéristique. Et, croyez-moi, ce n'est pas manque de mémoire. Car je le vois devant moi, comme je vous vois en ce moment. »

M. Utterson, les yeux au sol, marcha de nouveau en silence. Enfin, relevant la tête :

« Vous êtes sûr qu'il se servit d'une clef ? »

M. Enfield parut très surpris :

« Je vous ai dit...

— Je sais, je sais, interrompit M. Utterson. Tout cela doit vous sembler singulier. Et, pour ne rien vous cacher, si je ne vous demande pas le nom de... de l'autre, c'est que je le connais déjà. Je vous ai écouté avec la plus grande attention. Donc, si vous avez déformé un seul détail, vous devriez le rectifier sans retard.

— Vous auriez pu m'avertir que vous étiez au courant ! déclara M. Enfield avec une pointe de mauvaise humeur. Pour le reste, je n'ai rien à rec-

---

1. Qui n'est pas franc.

tifier. J'ai été d'une précision mathématique, c'est-à-dire presque exagérée. Oui, l'homme avait une clef. Il y a moins d'une semaine, je l'ai encore vu en faire usage. »

M. Utterson soupira profondément, mais n'ajouta pas un mot. Ce fut M. Enfield qui reprit peu après :

« Pour moi, c'est une nouvelle leçon. Je n'apprendrai donc jamais à me taire ! J'ai honte d'avoir la langue trop bien pendue. Voulez-vous que nous ne fassions plus jamais allusion à cette histoire ?

— S'il ne tient qu'à moi, nous n'en parlerons plus », répondit M. Utterson.

Il ajouta en tendant la main :

« Sur ce, mon cher Richard, je vous souhaite une bonne fin de journée. »

2

Qui est M. Hyde ?

Ce soir-là, M. Utterson regagna son logis de célibataire dans un état d'esprit assez sombre. Il dîna seul, sans plaisir et même assez mélancoliquement. Il avait coutume, le dimanche, son repas terminé, de s'asseoir devant la cheminée avec un bon livre de piété[1] et de lire jusqu'à ce que l'horloge de l'église voisine sonnât minuit. Alors, il fermait le livre et allait se coucher, l'estomac satisfait et l'esprit tranquille. Mais, ce soir-là, dès que la table fut desservie, il prit une bougie et passa dans son bureau. Il ouvrit son coffre et, du compartiment le plus secret,

1. Livre religieux.

il tira une enveloppe qui, d'après sa suscription[1], contenait le testament du docteur Jekyll. Il posa l'enveloppe sur sa table, en fit glisser le testament du médecin. Alors, il s'assit pour l'étudier, les sourcils froncés. Il s'agissait d'un de ces testaments qu'on appelle olographes[2] car M. Utterson, s'il avait accepté de garder en dépôt ce document, avait refusé net de collaborer à sa rédaction.

Le testament stipulait que, en cas de décès de Henry Jekyll, docteur en médecine, docteur en droit, membre de l'Académie royale des sciences, etc., tous ses biens seraient transmis à « son ami et bienfaiteur Edward Hyde ». En outre, si Henry Jekyll disparaissait ou s'absentait inexplicablement pendant plus de trois mois, Edward Hyde entrerait sans délai en possession de l'héritage, sans autre obligation que d'accorder quelques petits legs[3] aux domestiques du médecin... Depuis longtemps, ce testament était la bête noire de M. Utterson. Celui-ci était choqué comme un homme hostile à toute fantaisie, et offensé comme un avoué épris d'équilibre, de clarté et de bon sens. Auparavant, il enrageait de ne pas connaître M. Hyde. Maintenant, par un revirement soudain, il était furieux de le connaître (par le récit de M. Enfield, bien sûr), non

1. Adresse d'une lettre.
2. Entièrement écrits de la main du testateur.
3. Dons.

plus comme un simple nom, mais comme un individu qu'il avait cru voir accomplir une œuvre maléfique ! L'imprécision vague dans laquelle il s'était tenu si longtemps faisait place soudain à l'image précise d'un monstre.

« Jusqu'ici, grommela-t-il en replaçant l'enveloppe dans le coffre, je croyais qu'il s'agissait de folie. Je commence à craindre qu'il ne s'agisse de quelque chose de déshonorant. »

Après avoir reverrouillé le coffre, il éteignit la bougie, enfila son pardessus et se dirigea à pied vers Cavendish Square, cette citadelle de la médecine où son ami, le célèbre docteur Lanyon, habitait et recevait sa nombreuse clientèle. « Lanyon devrait pouvoir me renseigner, avait pensé M. Utterson. Nul n'est plus qualifié que lui. »

L'impressionnant maître d'hôtel connaissait le nouveau venu. Il le salua et, sans le faire attendre, l'introduisit dans la salle à manger où le docteur Lanyon était assis devant son verre de vin. C'était un homme robuste, jovial, éclatant de santé : des cheveux ébouriffés, prématurément blanchis, une voix claironnante, une cordialité peut-être un peu théâtrale, mais sûrement sincère. Dès que M. Utterson eut franchi le seuil de la salle à manger, le docteur Lanyon se dressa d'un bond et marcha vers lui les mains tendues. Ces hommes étaient des amis de toujours, des camarades d'études. Chacun d'eux avait le respect de sa propre dignité et de celle de son ami. En outre, fait assez rare – même entre amis—, ils se plaisaient ensemble.

Après quelques instants de conversation assez décousue, l'avoué aborda le sujet qui l'obsédait :

« Je crois, Lanyon, dit-il, que nous sommes, toi et moi, les plus anciens amis de Henry Jekyll ?

— J'aimerais mieux amis tout court, répondit le docteur Lanyon. Car le qualificatif "anciens" ne nous rajeunit guère ! Mais ce que tu dis est vrai. Toutefois, pourquoi me poses-tu cette question, Utterson ? Tu sais, je ne vois plus Henry Jekyll que de loin en loin.

— Vraiment ? fit l'avoué. Je croyais que vous aviez des intérêts communs...

— Nous en avions. Mais, il y a plus de dix ans que Jekyll est devenu un peu trop excentrique pour mon goût. Il m'a semblé que quelque chose se détraquait dans son esprit. Bien sûr, je continue à penser à lui, en souvenir, selon l'expression consacrée, des bons jours d'autrefois. Mais, comme je viens de te le dire, je ne le vois presque plus. »

Et, le docteur Lanyon, le visage soudain empourpré, ajouta avec colère :

« Un jargon[1] aussi peu scientifique aurait même séparé des amis comme Damon et Pythias. »

M. Utterson jugea cet accès d'humeur presque rassurant. Selon toute évidence, Jekyll et Lanyon avaient eu des discussions un peu vives sur quelque problème relatif à la science qui était la base même de leur profession. Ce ne pouvait pas être bien grave...

L'avoué attendit que le docteur Lanyon eût repris son calme, puis il lui posa la question qui était l'objet principal de sa visite :

« T'est-il arrivé de rencontrer un de ses protégés, un certain Hyde ?

— Hyde ? répéta Lanyon. Connais pas. Je n'ai même jamais entendu ce nom. »

*

* *

C'est là toute l'information que l'avoué ramena avec lui dans son grand lit sombre sur lequel il s'agita jusqu'au jour. Cette nuit apporta peu de repos à son esprit assiégé de questions sans réponses.

Six heures sonnaient à l'horloge voisine de la demeure de M. Utterson, et celui-ci en était encore

1. Langage incompréhensible.

au même point : il cherchait toujours la solution du problème qui l'avait conduit chez le docteur Lanyon. Jusque-là, cette affaire n'avait occupé que son intelligence. Maintenant, elle agissait sur son imagination, elle commençait à l'accaparer. Tandis qu'il se tournait et se retournait dans l'obscurité profonde de sa chambre capitonnée d'épais rideaux, le récit de M. Enfield se déroula, sur l'écran de son esprit, en une succession d'images d'une netteté parfaite.

Il apercevait, dans la nuit de Londres, de longues files lumineuses de réverbères, puis un homme descendant une rue d'un pas rapide, enfin une petite fille qui semblait revenir en courant de chez le médecin. Brusquement, au croisement, l'homme heurtait la petite fille, la renversait et, malgré ses cris, la piétinait, l'écrasait et continuait son chemin.

Ensuite, M. Utterson voyait une chambre dans un hôtel particulier richement meublé. Son ami, allongé sur le lit, dormait et faisait sans doute un rêve agréable, car il souriait. Soudain, la porte s'ouvrait. Quelqu'un écartait sans ménagements les rideaux du lit. Le dormeur s'éveillait. Et voilà qu'à son chevet se dressait un être doué du pouvoir extraordinaire de le contraindre, même à cette heure tardive, à lui obéir aveuglément !

L'impérieux héros de ces deux scènes hanta M. Utterson toute la nuit. Et si, de temps à autre, l'avoué s'abandonnait à un sommeil léger, c'était pour y retrouver encore son persécuteur. Il le suivait en se glissant sur la pointe des pieds entre des maisons endormies. Puis, le rôdeur prenait un pas de plus en plus rapide, s'enfonçait dans le dédale des rues londoniennes et, à chaque croisement, à la lueur tremblante des réverbères, il bousculait une petite fille, la précipitait sur le sol, la piétinait et s'éloignait. Cette vision n'avait jamais de visage. Ou bien, si elle en avait un, il s'était déjà effacé lorsque M. Utterson rouvrait les yeux. Celui-ci n'en désirait que plus vivement avoir l'occasion d'examiner les traits réels de M. Hyde. « Ah ! songeait-il, si je pouvais poser mon regard sur lui une fois... Oui, seulement une fois ! Le mystère s'éclaircirait et se dissiperait peut-être tout à fait, comme il arrive pour certaines choses mystérieuses quand on les a étudiées à fond. »

Alors il comprendrait l'étrange attirance que cet individu exerçait sur le docteur Jekyll, la servitude (si le mot n'était pas trop fort) à laquelle le rôdeur nocturne semblait avoir réduit le médecin et les clauses[1] stupéfiantes de son testament. « De toute façon, songeait encore M. Utterson, il serait passionnant de pouvoir scruter le visage de cet homme cruel... un visage auquel il a suffi de se montrer pour

1. Consignes.

inspirer, au si calme Enfield, une haine qui n'est sans doute pas près de s'apaiser. »

*

* *

À partir de ce jour-là, M. Utterson passa fréquemment dans la petite rue aux nombreuses boutiques pimpantes, le matin avant l'heure d'ouverture des bureaux, à midi quand le commerce battait son plein et que les habitants couraient à leurs emplettes d'une boutique à l'autre, comme si chaque minute leur était infiniment précieuse, et la nuit enfin, dans le clair de lune brumeux qui enveloppait toute la ville. Par tous les temps, dans la clarté du jour comme dans la pénombre de la nuit, durant les heures d'affluence ou de solitude, on trouvait l'avoué Utterson montant la garde devant la maison.

« Puisque ce Hyde[1] est l'homme qui se cache, avait-il décidé, je serai, moi, l'homme qui le cherche ! »

Enfin, il reçut le prix de sa patience. Ce fut par une belle nuit sèche où les rues, gelées, luisaient comme le plancher d'une salle de bal, et où, dans

1. Jeu de mots. Rapprochement entre *Hyde et to hide,* verbe signifiant cacher. *(N.d.T.)*

l'air très calme, les réverbères projetaient sur le sol des cercles lumineux au contour parfait. À dix heures, dès la fermeture des boutiques, la rue était devenue déserte et silencieuse. On y percevait à peine, venant des quartiers voisins, le sourd grondement de la circulation. Le moindre bruit portait loin. Ainsi ceux qui sortaient des maisons voisines s'entendaient parfaitement de chaque côté de la rue. Quand un passant s'avançait, on l'entendait marcher sur la chaussée longtemps avant que sa silhouette se dessinât à une cinquantaine de mètres.

M. Utterson était à son poste depuis plusieurs minutes, lorsqu'il perçut un pas singulier, léger et de plus en plus net. Au cours de ses expéditions nocturnes, l'avoué s'était habitué à l'effet bizarre que produit le pas d'un promeneur isolé lorsqu'il se détache soudain de l'immense rumeur qui est comme le souffle et la voix même de la ville. Cependant, M. Utterson n'en avait jamais été bouleversé comme cette nuit-là. Il éprouvait le sentiment très fort, presque superstitieux, qu'il allait toucher au but, c'est pourquoi il se retira dans l'entrée de la cour.

Le pas se faisait toujours de plus en plus net, surtout lorsqu'il eut dépassé le tournant de la rue. Regardant depuis l'entrée, l'avoué put très vite se rendre compte à quel genre d'homme il avait affaire. Il était petit, très simplement vêtu et même à cette distance son apparence sembla très suspecte à son observateur. Mais il se dirigea droit sur la porte, traversant la rue pour gagner du temps et, tout en approchant, tira une clef de sa poche, du geste machinal de quelqu'un qui rentre chez lui. M. Utterson quitta l'ombre du porche, lui toucha l'épaule en passant :

« Monsieur Hyde, je suppose ? »

L'autre recula, la respiration sifflante. Mais, presque tout de suite, il se ressaisit et, bien qu'il ne regardât pas l'avoué en face, il répondit avec assez de naturel :

« Oui, c'est moi. Que voulez-vous ?

— J'ai vu que vous alliez entrer. Je suis un vieil ami du docteur Jekyll. Mon nom est Utterson. J'habite Gaunt Street. On a sûrement prononcé mon nom devant vous. Je désirais vous rencontrer. Et voilà que le hasard vient à mon aide ! Pouvez-vous me recevoir ?

— Je vous préviens que le docteur Jekyll est absent », précisa l'homme.

Il ajouta, en gardant la tête tournée vers la porte :

« Comment se fait-il que vous me connaissiez ?

— De votre côté, voulez-vous me rendre un service ?

— Volontiers. De quoi s'agit-il ?

— Permettez-moi de voir votre visage. »

M. Hyde parut hésiter. Puis, se décidant, il se

retourna brusquement et fit face dans un mouvement de défi. Les deux interlocuteurs se dévisagèrent pendant quelques secondes.

« Maintenant, déclara à la fin M. Utterson, je ne manquerai pas de vous reconnaître. Cela peut être utile.

— Oui. Mieux vaut que nous nous connaissions. Ah ! J'allais oublier... de vous donner mon adresse. »

Il indiqua à l'avoué le numéro d'une maison située dans le quartier de Soho. « Se peut-il, pensa ce dernier, qu'il ait, lui aussi, songé au testament ? » Mais il se garda de poser cette question à haute voix et, pour faire comprendre à M. Hyde qu'il avait parfaitement enregistré l'adresse, il se contenta de pousser une sorte de grognement.

« Maintenant, reprit l'autre, j'aimerais bien savoir comment vous avez pu me reconnaître ?

— Par certaine description...

— Qui vous l'a fournie ?

— Nous avons des amis communs, répondit M. Utterson.

— Des amis communs ? répéta Hyde d'une voix sourde. Lesquels ?

— Jekyll, par exemple...

— Il n'a jamais rien dit ! s'exclama Hyde dans une brusque explosion de colère. Je ne vous croyais pas capable de mentir.

— Voyons, du calme, monsieur Hyde, conseilla l'avoué. Ce langage est peu convenable. »

L'autre lança un rire sauvage, ouvrit la porte avec une promptitude étonnante et disparut dans la maison.

Après que M. Hyde l'eut quitté, l'avoué resta planté là, l'image même de l'inquiétude. Enfin, il s'éloigna dans la rue. Cependant, tous les deux ou trois pas, il s'arrêtait, portait la main à son front, comme un homme inquiet et perplexe à la fois. C'est que le problème qu'il tentait de résoudre était de ceux dont on trouve bien rarement la solution.

Ce Hyde avait un visage d'une étrange pâleur et un corps rabougri : un infirme... sans infirmité apparente. Il possédait un sourire déplaisant, c'était le moins qu'on pût dire. Tout au long de cette scène, il s'était conduit avec un mélange extraordinaire de timidité et de hardiesse. Il parlait d'une grosse voix basse et cassée. Certes, de tels détails le rendaient profondément antipathique. Cependant, aux yeux de M. Utterson, ils ne suffisaient pas à expliquer la sensation de dégoût et presque d'épouvante qu'il éprouvait en présence de cet individu singulier.

« Il faut qu'il y ait autre chose, se répétait-il tout en marchant. Sans doute quelque élément inconnu de moi jusqu'ici et auquel, naturellement, je suis encore incapable de donner un nom. Dieu me pardonne, ce Hyde semble à peine humain ! Il a quelque chose... oui, c'est cela... d'un habitant des cavernes ou bien est-ce cette vieille histoire du docteur Fell ? À moins qu'il ne s'agisse simplement du rayonnement d'une âme impure qui traverse son enveloppe d'argile. Oui, ce doit être cela. Mon pauvre Jekyll ! Sur le visage de ton nouvel ami, je viens de déchiffrer la marque de Satan ! »

Tout en méditant ainsi, M. Utterson, après avoir contourné l'angle d'une rue, déboucha sur une petite place. Aux quatre côtés se dressaient de belles maisons anciennes, mais délabrées et déchues de leur splendeur. Aujourd'hui, elles étaient louées par appartements ou logements à des hommes de professions diverses : graveurs de cartes géographiques ; architectes ; hommes de loi besogneux[1] ; agents d'affaires véreux, etc.

Cependant, l'une de ces maisons – celle qu'il connaissait si bien ! – la deuxième après l'angle, restait occupée par une seule personne. Quoiqu'elle fût plongée maintenant dans l'ombre de la nuit, à l'exception d'une lumière à la vitre de l'imposte au-dessus de la porte d'entrée, elle produisait une impression de prospérité, presque de richesse.

1. Travailleurs.

M. Utterson alla vers la porte et frappa. Elle fut ouverte par un domestique bien vêtu et assez âgé.

« Le docteur Jekyll est-il chez lui, Poole ? demanda Utterson.

— Je vais voir, monsieur. »

Tout en parlant, le vieux serviteur introduisait le visiteur dans une pièce spacieuse, basse de plafond et garnie de superbes meubles en chêne. Elle était chauffée, un peu comme le sont les maisons de campagne, par un grand feu qui crépitait dans la cheminée.

« Voulez-vous attendre ici, près de la cheminée ? demanda Poole. Ou bien désirez-vous que je vous installe dans la salle à manger et que j'y allume une lampe ?

— Je préfère rester ici », répondit l'avoué.

Et il alla se placer le dos au garde-feu. Dès qu'il fut seul, il regarda à droite et à gauche. Ce hall dans lequel il se trouvait seul maintenant était un sujet de fierté pour son ami le docteur. Utterson lui-même ne manquait pas une occasion de le vanter comme l'une des pièces les plus agréables de Londres. Mais, ce soir-là, une image le hantait : le visage de Hyde le faisait frissonner d'épouvante chaque fois qu'il s'imposait à lui. Affreux souvenir qui lui contractait l'estomac, lui donnait une violente envie de vomir, ce qui, pourtant, lui était arrivé bien rarement au cours de son existence. Il lui semblait lire une menace dans la danse des flammes – dans leurs reflets plutôt – sur les meubles patinés et sur le plafond.

Il eut honte de son soulagement quand Poole reparut et lui annonça que le docteur Jekyll était sorti.

« Il n'y a qu'un instant, dit Utterson, j'ai vu M. Hyde entrer par la porte de derrière... vous savez, l'ancienne porte de l'ancienne salle de dissection, qu'on appelle aussi l'amphithéâtre ou le laboratoire. Est-il donc autorisé à venir ici quand le docteur Jekyll est absent ?

— Oui, monsieur. D'ailleurs M. Hyde possède une clef.

— Votre maître semble avoir en lui une grande confiance, reprit Utterson d'un ton pensif.

— C'est vrai, monsieur, une très grande confiance. Nous avons tous l'ordre de lui obéir.

— Je n'ai pas souvenir de l'avoir jamais rencontré. Est-ce que je me trompe, Poole ?

— Non, monsieur. M. Hyde ne prend pas ses repas ici. D'ailleurs, nous ne le voyons pas souvent. En général, il entre et sort par la salle de dissection[1]. »

---

1. Salle dans laquelle on découpe, pour les analyser, les parties d'un corps.

Utterson souhaita une bonne nuit au vieux domestique et prit la direction de son logis.

« Malheureux Jekyll ! méditait-il en cheminant le cœur serré. J'ai l'impression qu'il se trouve dans une situation critique. Bien sûr, il a commis pas mal de bêtises dans sa jeunesse. Et c'est bien loin tout ça. Mais, quand il s'agit de la justice de Dieu, il n'y a pas de prescription[1]. La justice de Dieu ? Oui, ce doit être ça : le châtiment d'une faute très ancienne, cachée, comme une sorte de cancer, depuis des années et des années. Puis la condamnation tombe soudain. Longtemps elle a marché clopin-clopant dans le sillage du coupable. Et elle a fini par le rejoindre, alors qu'il avait tout oublié et s'était lui-même octroyé un large pardon ! »

L'avoué tressaillit à cette évocation. Tout en continuant à cheminer, il réfléchit un moment à son propre passé. Il explora les moindres recoins de sa mémoire. Sait-on jamais ? N'aurait-il pas commis jadis quelque iniquité[2] qui, tel un diablotin, pouvait toujours resurgir ? À première vue, son passé semblait pur, et il aurait dû pouvoir le scruter sans broncher. En réalité, il était atterré et tremblait à l'énumération de ses fautes. Comme elles paraissaient nombreuses ! Mais il ne tarda pas à reprendre courage, car enfin, s'il avait la conscience chargée,

---

1. Moyen d'y échapper au bout d'un certain délai.
2. Injustice.

de combien d'erreurs et de bévues, de petites ou de grandes cruautés ou injustices, il avait su se ressaisir à temps !

Cette découverte le rassura sur lui-même et le ramena au dénommé Hyde :

« Celui-là, il faudrait pouvoir l'étudier à fond. Il doit avoir des secrets, de noirs secrets, si j'en juge à sa physionomie. Des secrets auprès desquels les plus sombres de Jekyll sont lumineux comme des rayons de soleil. Cette situation ne peut se prolonger. Cela me glace de penser à cette créature se glissant comme un voleur jusqu'au chevet de Harry, pauvre Harry... quel réveil ! Et quel danger ! Si un jour Hyde soupçonne l'existence du testament, il peut brusquement céder à l'impatience d'hériter ! Décidément, il faut que je me mêle de cette affaire, que j'essaie de désembourber le chariot... si Jekyll accepte que je lui vienne en aide ! »

Car, une fois de plus, Utterson avait l'impression de déchiffrer sur une plaque transparente, avec les yeux de l'esprit, les clauses singulières du testament.

3

Un homme très décontracté

Deux semaines plus tard environ, par un hasard remarquable, le docteur Jekyll invita à l'un de ses agréables dîners cinq ou six vieux camarades, tous intelligents et de bonne compagnie, tous connaisseurs en vins de grands crus. M. Utterson manœuvra pour rester après le départ des invités. C'était presque une habitude. Là où Utterson était aimé, il ne l'était jamais à moitié ! Quand les invités à la cervelle légère et à la langue trop bien déliée s'apprêtaient à partir, on retenait cet homme sérieux, grave et si discret ! Ses silences et sa seule présence calmaient les esprits et dissipaient la fatigue de ces réunions bavardes et d'une gaieté souvent trop exubérante[1]. Ainsi partout, et particulièrement chez le docteur Jekyll, on s'efforçait de garder encore un moment l'avoué Utterson.

Cinquante ans, de haute taille et solidement bâti, de figure douce, le docteur Jekyll semblait cependant avoir, dans la disposition de ses traits, quelque chose de rusé. Mais, après cette constatation, on se reprenait. Ce qui éclatait surtout dans sa physionomie, n'était-ce pas une intelligence empreinte de bonté ?

Il s'était assis à gauche de la cheminée, tandis qu'Utterson prenait place à droite. Au regard qu'il posait sur ce dernier, on devinait qu'il lui avait voué une amitié sincère et chaleureuse.

« Jekyll, je désire te parler depuis un certain temps. À propos de ton testament... »

Un observateur attentif aurait tout de suite noté que ce sujet était désagréable au médecin. Cependant, très décontracté, celui-ci essaya de s'en tirer en plaisantant :

« Mon pauvre Utterson, je vois que mon testament te tracasse ! Comme tu as l'air malheureux ! Presque autant que ce pédant de Lanyon quand il me parlait de ce qu'il appelait mes hérésies scientifiques ! Allons, allons, ne fronce pas les sourcils. Je

---

1. Abondante.

sais bien que Lanyon est un excellent et très honnête homme. Je me suis reproché de ne pas le voir plus souvent. Oui, un excellent homme. Mais quel cuistre[1], quel âne bâté lorsqu'il s'y met ! Jamais personne ne m'a déçu autant que lui. »

Utterson était bien décidé à ne pas laisser son hôte détourner la conversation.

« Tu sais, dit-il sans ménagements, que je ne t'ai jamais approuvé.

— Au sujet de mon testament ? Je le sais depuis longtemps, Utterson. Tu me l'as déjà dit plusieurs fois.

— Eh bien, je reviens à la charge. J'ai appris quelques détails au sujet du jeune Hyde. »

Le grand et beau visage du docteur Jekyll pâlit jusqu'aux lèvres et son regard s'assombrit :

« J'en ai suffisamment entendu comme ça, Utterson. D'ailleurs, nous étions convenus de ne plus parler de cette affaire.

— Ce que j'ai appris est affreux, dit Utterson.

— Je n'y puis rien, répliqua le médecin d'un air égaré. Il y a des choses que tu ne peux comprendre. Ma situation est pénible et bien étrange – très étrange même ! Elle est de celles qu'on n'améliore pas en bavardant, je veux dire : au cours d'une simple conversation.

1. Se dit de quelqu'un de vaniteux et ridicule.

— Tu me connais, Jekyll ! Tu sais qu'on peut me faire confiance. Raconte-moi tout. Et, n'en doute pas : je te tirerai de ce guêpier[1].

— Cher Utterson ! Tu es toujours la bonté même. Je ne connais pas de mots pour te remercier. Je serais prêt à te faire confiance, plus qu'à n'importe qui, plus qu'à moi-même... si j'en avais la possibilité. Mais je ne l'ai pas. Cette affaire n'est pas ce que tu crois. Elle n'est pas aussi affreuse que tu sembles le penser. Pour te rassurer pleinement, je te dis ceci : au moment que j'aurai choisi, je disposerai de tous les moyens pour me débarrasser de Hyde. Je t'en donne ma parole. Pour le reste, merci encore, merci un million de fois ! J'ajouterai un souhait – j'espère que tu ne le prendras pas en mauvaise part : cette affaire ne concernant que ma vie privée, je te prie instamment de ne plus t'en soucier. »

Utterson réfléchit un instant en contemplant le feu, puis se levant :

« Je suis persuadé, Jekyll, que tu as raison sur toute la ligne.

— Puisque, pour la dernière fois, je l'espère, nous n'avons pu nous empêcher de parler de cette affaire, reprit le médecin, il y a un point que je voudrais te faire comprendre. Je m'intéresse beaucoup

---

1. Piège.

– oui, beaucoup ! – à ce pauvre Hyde. Je sais que tu l'as rencontré. Il me l'a dit. Je suppose qu'il s'est montré grossier avec toi. Mais, vois-tu, je ne crains pas de le répéter, je porte à ce jeune homme le plus vif intérêt. Si je meurs, Utterson, je souhaite que tu arrives à le supporter et que tu lui remettes ce que j'ai décidé de lui laisser. Je sais que tu le ferais sans hésiter... si tu étais au courant de... de tout. Quel soulagement pour moi si tu acceptais de ne pas te détourner de lui. »

L'avoué déclara avec froideur :

« Je crois que je n'aurai jamais de l'amitié pour lui.

— Je n'en exige pas tant ! protesta le médecin en posant la main sur le bras de son ami. Je demande seulement quand je ne serai plus de ce monde, que justice lui soit rendue et que tu l'aides de tous tes moyens, en souvenir de moi. »

Utterson soupira :

« Jekyll, tu as ma parole. »

4

L'assassinat de Sir Danvers Carew

Près d'un an plus tard, en octobre 18..., Londres frémit à la nouvelle d'un crime d'une férocité exceptionnelle. Le retentissement de ce crime fut d'autant plus grand que la victime appartenait à la haute société. Les détails étaient peu nombreux, mais effrayants. Une servante vivait seule dans une maison qui se dressait presque en bordure de la Tamise. Ce soir-là, elle monta à sa chambre vers onze heures. Plus tard, il y eut un brouillard assez épais qui roulait sur la ville. Mais, à ce moment-là, la nuit était sans nuages. La lune éclairait la ruelle voisine de la maison. De la fenêtre de la chambre, on pouvait parfaitement l'observer. La servante, assise sur sa malle, rêvait en contemplant les étoiles. Elle devait se sentir l'âme romantique. Quand elle racontait le drame, elle disait, les yeux brillants de larmes :

« Je ne m'étais jamais sentie en si bonne intelligence avec mes semblables et même avec le monde entier ! »

Tandis qu'elle rêvassait ainsi à sa fenêtre, elle aperçut un beau vieillard à cheveux blancs qui, dans la ruelle, semblait marcher à la rencontre d'un homme de petite taille, auquel, sur le moment, elle ne prêta aucune attention.

Quand ils furent assez près l'un de l'autre pour se parler (c'était juste sous la fenêtre), le vieillard s'inclina et aborda le petit homme avec une politesse accomplie, bien que le sujet fût, autant que la servante pût en juger, sans grande importance : d'après ses gestes, il s'informait tout bonnement de son chemin. Tandis qu'il parlait, la servante, grâce au clair de lune, se plaisait à l'observer. Son visage respirait l'innocente courtoisie propre aux hommes de l'ancien temps. À cette courtoisie s'ajoutait quelque hauteur, due sans doute à ce qu'on appelait « la conscience de son rang ». Ensuite, la servante se tourna vers l'interlocuteur du vieillard. Et elle sursauta. Elle était surprise de reconnaître en lui un certain M. Hyde qui avait fait naguère une visite à son maître et qui, dès le premier instant, lui avait inspiré de l'aversion. Il serrait dans sa main une grosse canne avec laquelle il s'amusait à faire des moulinets. Mais il n'ouvrait pas la bouche. Il semblait même écouter ce qu'on lui disait avec une impatience mal contenue. Puis, soudain, sans crier gare, il éclata. Il trépignait, brandissait sa canne, se conduisait (selon la déposition de la servante) comme un fou. Le vieillard fit un pas en arrière. Il était non seulement surpris, mais choqué. Ce que voyant, M. Hyde se déchaîna, le projeta à terre d'un seul coup de canne. Ensuite, avec la furie d'un singe enragé, il piétina sa victime, fit pleuvoir sur elle une grêle de coups. Le corps roulait, rebondissait sur la chaussée de la ruelle. On entendait les os se briser. Bruits affreux, horrible spectacle... La servante perdit connaissance.

Il était deux heures du matin lorsqu'elle revint à elle et courut alerter la police. L'assassin avait pris le large depuis longtemps. Mais sa victime gisait au milieu de la ruelle, incroyablement mutilée. La canne, arme du crime, était d'un bois rare, très lourd et résistant. Cependant, durant cette scène de massacre, elle s'était cassée en deux morceaux dont l'un était tombé dans le caniveau et dont l'autre avait été sans doute emporté par le meurtrier. Sur la victime, l'inspecteur de police trouva un porte-monnaie et une montre en or, mais pas un seul papier, sauf une enveloppe cachetée et timbrée, aux nom et adresse de M. Utterson, que la victime portait probablement à la poste.

Le lendemain, à la première heure, l'inspecteur porta cette lettre à l'avoué avant même qu'il ne sorte du lit. L'inspecteur lui montra l'enveloppe et lui exposa les faits. Utterson esquissa une moue qui lui donnait un air encore plus solennel qu'à l'accoutumée.

« Je ne ferai, dit-il, aucune déclaration tant que je n'aurai pas vu le corps. Il s'agit peut-être d'une affaire très sérieuse. Mais il faut que je m'habille. Ayez la bonté de m'attendre. »

Quand il fut habillé, il prit rapidement, mais avec la même gravité, son petit déjeuner, puis, ayant fait atteler, il monta dans sa voiture avec l'inspecteur et se fit conduire au commissariat où le corps avait été transporté.

Un seul regard au cadavre lui suffit :

« Oui, je le reconnais. Il s'agit, j'ai le regret de le dire, de Sir Danvers Carew. »

Une lueur d'ambition professionnelle s'alluma dans le regard de l'inspecteur :

« Est-ce possible ? Voilà qui va faire du bruit à

Londres ! Peut-être, monsieur, pourriez-vous maintenant nous fournir quelques renseignements qui nous aideraient à trouver le meurtrier ? »

Et, en quelques phrases, il raconta de nouveau la scène à laquelle la servante avait assisté. Et, pour la première fois, il prononça le nom de Hyde. En l'entendant, Utterson frémit. Son dernier doute se dissipa lorsque l'inspecteur lui mit sous les yeux la canne brisée. Il reconnut sans peine la canne qu'il avait offerte lui-même à Henry Jekyll, des années auparavant. Il demanda :

« Ce M. Hyde est-il de petite taille ?

— Il est très petit et a, paraît-il, l'air particulièrement méchant, à ce que dit la bonne », répondit l'inspecteur.

Utterson réfléchit, puis, levant la main :

« Si vous acceptez de reprendre place dans ma voiture, proposa-t-il, je crois que je puis vous conduire au domicile de Hyde. »

*

* *

Il était alors environ neuf heures du matin. Le brouillard était épais. Sous un ciel de suie, un vent violent brassait des nuages presque noirs.

Tandis que roulait sa voiture, Utterson admirait malgré lui des nuances dégradées qui lui faisaient penser à celles d'un crépuscule. Telle rue était aussi sombre que si la nuit l'avait envahie. Dans une autre, un peu plus loin, flottait comme le reflet d'un étrange incendie. Dans une troisième, le brouillard, à la façon d'un rideau qui se lève, s'était dissipé, révélant des perspectives d'une netteté tranchante, sur lesquelles traînaient encore quelques écharpes grisâtres.

Vu sous ces divers aspects, avec ses rues boueuses, ses passants pauvrement vêtus, ses réverbères qu'on avait oublié d'éteindre ou qu'on avait rallumés pour atténuer l'offensive du brouillard, le sinistre quartier de Soho semblait, aux yeux de l'avoué, quelque cité de cauchemar. D'ailleurs, ce décor s'harmonisait bien avec les mornes pensées d'Utterson. Lorsque celui-ci jetait un coup d'œil à l'inspecteur qui lui tenait compagnie dans la voiture, il ne pouvait se défendre d'éprouver un peu de cette terreur qu'inspirent toujours la police et ses représentants, et contre laquelle l'homme le plus honnête a parfois du mal à se défendre.

Au moment où la voiture s'arrêtait à l'adresse donnée au cocher, le brouillard se leva un peu. Utterson aperçut une rue sale, un cabaret, un petit restaurant français minable et l'une de ces boutiques indéfinissables, où l'on vend de tout : objets à deux sous, pêle-mêle avec des légumes. Des enfants en loques s'entassaient sur le seuil des maisons. Des femmes, de nationalités diverses, sortaient de chez elles, leur clef à la main, et couraient boire au cabaret le « verre du matin ». Puis, aussi vite qu'il s'était levé, le brouillard retomba, masquant presque entièrement le tableau de cette rue sordide. C'était là que résidait l'ami de prédilection[1] du docteur Jekyll... l'homme qui hériterait de deux cent cinquante mille livres !

Une vieille femme au teint jaune et aux cheveux argentés ouvrit la porte. Elle avait une expression cruelle, assez bien dissimulée sous le masque de l'hypocrisie. Mais son maintien était excellent.

« Oui, dit-elle, c'est bien ici qu'habite M. Hyde. Malheureusement, il est absent. Cette nuit, il est rentré tard. Puis, moins d'une heure après, il est ressorti. Que cela ne vous surprenne pas. Ses habitudes sont très irrégulières. Il s'absente souvent. Tenez, il y avait deux mois que je ne l'avais pas revu !

— Merci de ces renseignements, dit Utterson. Maintenant, nous voudrions visiter son appartement.

1. Favori.

— Impossible, voyons ! se récria la vieille femme.

— Puisqu'il en est ainsi, reprit Utterson, sachez que mon compagnon est l'inspecteur Newcomen, de Scotland Yard. »

À cette révélation, une joie détestable éclata sur le visage de la vieille femme :

« Tiens, tiens ! M. Hyde a donc des ennuis ! Qu'est-ce qu'il a fait ? »

Utterson et l'inspecteur échangèrent un regard.

« Il ne semble pas que M. Hyde soit bien populaire dans son quartier, remarqua l'inspecteur. Ma brave femme, laissez-nous jeter un coup d'œil chez lui. »

Dans toute cette maison, il n'y avait que deux locataires : la gardienne et Hyde. Ce dernier n'occupait que deux pièces, meublées d'ailleurs avec luxe et bon goût. Dans l'un des placards, il y avait de nombreuses bouteilles de vin, ainsi que de la vaisselle d'argent et du linge de table de la meilleure qualité. Un tableau de valeur était accroché au mur. Utterson supposa qu'il s'agissait d'un cadeau de Jekyll. En effet, le médecin possédait en peinture des connaissances étendues. Les tapis, très moelleux, étaient de dessins et couleurs agréables.

Cependant, il n'échappa pas aux deux visiteurs que les pièces avaient dû être récemment fouillées et même saccagées. Sur le plancher gisaient des vêtements aux poches retournées. On avait laissé les tiroirs ouverts. Et, dans la cheminée, un tas de cendres attestait qu'on avait brûlé un grand nombre de papiers. De ces cendres encore brûlantes, l'inspecteur parvint à extraire un chéquier de couleur verte, rongé aux trois quarts par le feu. Puis, derrière la porte, il trouva l'autre moitié de la canne. Et, comme cette découverte confirmait ses soupçons, il se déclara très satisfait. Ensuite, il lui suffit d'une simple visite à la banque dont l'adresse était mentionnée sur le chéquier. Là, on lui annonça que le compte du meurtrier s'élevait à plusieurs milliers de livres. Alors, il exulta.

« Cette fois, je le tiens ! dit-il à Utterson. Il a dû perdre la tête, sinon, il n'aurait pas laissé le fragment de sa canne. Surtout, il n'aurait pas essayé de détruire par le feu son carnet de chèques ! Car, enfin, il ne peut se passer d'argent. Il ne nous reste plus qu'à l'attendre à la banque et à retirer l'argent. »

C'était là que les choses se compliquaient. En effet, Hyde ne fréquentait presque personne. Le maître de la jeune servante, lui-même, ne l'avait aperçu que deux fois. Quant à sa famille, nul ne la connaissait. Il n'avait jamais été photographié et les rares personnes capables de le décrire apportaient des témoignages très différents, comme toujours en pareil cas. Ces témoins ne s'entendaient que sur un point : l'obsédante impression de difformité que le fugitif donnait à ceux qui l'avaient vu. Mais, cette difformité, aucun n'était capable de la décrire.

5

L'épisode de la lettre

Vers la fin de l'après-midi, Utterson frappa à la porte du docteur Jekyll. Immédiatement, Poole, le vieux domestique, l'introduisit, puis le conduisit, à travers la cuisine et une cour qui avait été jadis un jardin, jusqu'à un bâtiment qu'on appelait indifféremment amphithéâtre, laboratoire et salle de dissection. Le médecin avait acheté cette maison aux héritiers d'un chirurgien célèbre. Et comme il avait plus de goût pour la chimie que pour la dissection, il avait modifié les installations. C'était la première fois qu'Utterson pénétrait dans cette partie de la demeure de son ami. Il examina avec curiosité les sombres murs extérieurs, sans fenêtres. À l'intérieur, il frissonna, tant l'atmosphère de la salle lui paraissait étrange. Il longea à pas lents l'amphithéâtre où s'asseyaient jadis des douzaines d'étudiants et qui, maintenant, était plongé dans ce silence angoissant des choses abandonnées. Au passage, il lança un coup d'œil au sol jonché de paille ayant servi à des emballages, puis aux tables chargées de matras[1], de fioles[2], de tubes, et de bien d'autres objets en verre utilisés pour les expériences. Enfin, levant les yeux, il contempla un instant le plafond poussiéreux en forme de coupole. À l'extrémité de la salle, un escalier de quelques marches permettait d'accéder à une porte que masquait un rideau rouge. Poole écarta le rideau, ouvrit la porte. Utterson franchit enfin le seuil du cabinet où Jekyll avait coutume de travailler. Une pièce spacieuse, aux murs garnis de vitrines, et meublée, entre autres, d'une psyché et d'un bureau. Cette pièce donnait sur la cour par des fenêtres aux vitres sales, pourvues de barreaux. Un assez bon feu de charbon brûlait dans la grille de la cheminée. Une lampe allumée était posée sur la tablette, car, à cette époque de l'année, le brouillard se glissait dans les maisons. À droite de l'âtre[3], le docteur Jekyll était

1. Vases de verre ou de terre utilisés en chimie.
2. Petites bouteilles à col étroit utilisées en chimie et en pharmacie.
3. Partie dallée de la cheminée où on fait le feu.

assis. Il semblait gravement malade. À tel point qu'il ne se leva pas pour accueillir le visiteur. Il se contenta de lui tendre une main glacée, en lui souhaitant la bienvenue d'une voix qu'Utterson reconnut à peine.

« Tu sais la nouvelle ? » demanda ce dernier dès que Poole se fut retiré.

Jekyll tressaillit :

« Les marchands de journaux la criaient tout à l'heure dans le square. Je l'ai bien entendue. J'étais dans ma salle à manger.

— Je voudrais te poser une question, une seule, dit Utterson. Carew était mon client. Tu l'es, toi aussi. Je désire savoir ce que je dois faire. J'espère que tu n'as pas été assez fou pour cacher ce Hyde ?

— Utterson, je te jure sur ce que j'ai de plus sacré que je ne veux plus jamais le revoir. Je te donne ma parole que j'en ai fini avec lui en ce monde comme dans l'autre. Entre lui et moi, c'est terminé, tu entends ? D'ailleurs, que ferait-il de mon aide ? Tu ne le connais pas comme je le connais ! En tout cas, rassure-toi : il est en lieu sûr, parfaitement sûr et personne n'entendra plus jamais parler de lui ! »

Utterson écoutait, les sourcils froncés. Il n'aimait guère les yeux fiévreux de Jekyll et sa voix saccadée.

« Tu sembles bien sûr de lui, répondit-il. J'espère,

dans ton intérêt, que tu as raison. N'oublie pas que, s'il y avait un procès, ton nom pourrait être prononcé.

— Je suis absolument sûr de Hyde. J'ai des raisons pour cela. Mais je ne peux les confier à qui que ce soit. Toutefois, il y a une chose sur laquelle tu pourrais me donner ton avis. J'ai... j'ai reçu une lettre de Hyde. Je me pose et me repose la même question : dois-je la remettre à la police ? Je voudrais ton avis, Utterson. Je te connais : tu as toujours été de bon conseil, et j'ai tellement confiance en toi !

— Tu crains, je suppose, que cette lettre ne permette à la police de le retrouver ?

— Pas du tout. Peu m'importe ce qu'il adviendra de Hyde, j'en ai fini avec lui. Je pense à ma propre réputation que cette détestable affaire a un peu entamée. »

Utterson réfléchit. Il était étonné par l'égoïsme avoué dont son ami faisait soudain étalage. Mais en même temps, cette attitude le rassurait.

« Montre-moi la lettre », dit-il.

Jekyll la lui tendit. Une écriture droite, pointue, bizarre ; une signature, « Edward Hyde », nette, complète, et non un vague gribouillis. Quelques lignes seulement : Hyde disait à son « bienfaiteur », le docteur Jekyll, dont il s'accusait d'avoir longtemps si mal reconnu les innombrables bontés :

« Ne vous inquiétez pas à mon sujet. Mais, si ma sécurité était menacée, j'utiliserais pour m'échapper un moyen en lequel j'ai une confiance absolue ! »

L'avoué aimait assez cette lettre, elle donnait une meilleure idée de l'intimité qui liait les deux hommes et il se reprocha les doutes qu'il avait pu avoir.

« Et l'enveloppe ? demanda Utterson.

— Hélas, j'ai commis une sottise : je l'ai brûlée. Il n'y avait pas de cachet de la poste. La lettre avait dû être remise à Poole par un porteur.

— Me permets-tu de la garder jusqu'à demain ? demanda Utterson.

— Je désire, dit Jekyll, que tu agisses entièrement à ma place. J'ai perdu toute confiance en moi-même.

— Je vais voir ce que je peux faire. Maintenant, un mot encore : c'est Hyde, n'est-ce pas, qui t'a dicté le passage de ton testament relatif à ta mort ? »

À cette question, Jekyll devint aussi pâle que s'il allait défaillir. Il serra les lèvres et répondit « oui » de la tête.

« Je le savais, reprit Utterson. Il avait l'intention de t'assassiner. Tu l'as échappé belle !

— Le plus intéressant, dans tout cela, déclara le médecin d'un ton solennel, c'est la leçon que j'ai reçue. Quelle leçon, Utterson ! »

Et il enfouit son visage dans ses mains.

Avant de sortir de la maison, Utterson s'arrêta un instant pour bavarder avec Poole.

« À propos, lui dit-il, il paraît qu'on a apporté une lettre aujourd'hui. Qui était le porteur ? »

Le vieux domestique parut surpris.

« Il n'y a pas eu de courrier, monsieur, que par la poste, répondit-il. Et encore, il s'agissait de prospectus ! »

Utterson s'éloigna. Ce qu'il venait d'entendre réveillait ses craintes. Puisque Poole n'était pas au courant, la fameuse lettre n'avait pu venir que par l'amphithéâtre, c'est-à-dire par la partie postérieure de la maison. Elle pouvait fort bien aussi avoir été écrite dans le bureau même du docteur Jekyll ! Auquel cas, il fallait la juger différemment et n'en faire usage qu'avec beaucoup de précautions.

*

* *

Le long des trottoirs, les vendeurs de journaux s'égosillaient.

« Édition spéciale ! Un membre du Parlement victime d'un crime affreux. »

Telle était en quelque sorte l'oraison funèbre[1] de

1. Discours religieux prononcé à l'occasion des obsèques d'un personnage illustre.

Sir Danvers Carew, qui avait été à la fois l'ami et le client d'Utterson. Et celui-ci se demandait s'il ne risquait pas de voir un autre nom – un nom si honorable ! – mêlé à un scandale... Cependant, il lui fallait prendre une décision, mais combien délicate ! À l'accoutumée, il avait une confiance presque illimitée en lui-même. Aujourd'hui, à son tour, il aurait payé cher un bon conseil. Mais il ne pouvait se risquer à le solliciter ouvertement. « Bah ! pensa-t-il. Il y a toujours un moyen, il suffit de s'y prendre habilement. »

Cinq minutes plus tard, il était chez lui et invitait M. Guest, son premier clerc, à prendre place devant la cheminée de son bureau. Il avait eu la précaution de faire placer entre eux une bouteille de certain vin au millésime[1] respectable, mûri dans la pénombre d'une cave poussiéreuse. Londres était toujours enveloppé du même brouillard à travers lequel les réverbères prenaient l'éclat rouge de l'escarboucle[2]. Et, dans cette atmosphère trouble, la vie de la grande ville roulait par les larges artères, par les rues et par les ruelles, avec le grondement irrité d'un vent puissant.

Mais, à l'intérieur du bureau de l'avoué, le feu qui crépitait dans la cheminée ne semblait vouloir répandre que de la gaieté. Le vin de la bouteille

1. Chiffre indiquant la date de fabrication du vin.
2. Pierre précieuse de couleur rouge vif.

poussiéreuse avait perdu son acidité depuis longtemps, et sa couleur, adoucie, était aussi devenue plus somptueuse, comme il se produit pour les vitraux. Ce qui fut versé dans les verres n'était pas une banale boisson, mais un liquide capiteux, qui avait pris le reflet automnal des vignobles à flanc de coteaux. Aussi Utterson ne tarda-t-il pas à perdre quelque peu de sa froideur habituelle. Il croyait garder peu de secrets pour son premier clerc – et il en gardait encore moins qu'il ne le pensait. Guest s'était rendu plusieurs fois pour les affaires de l'étude chez le docteur Jekyll. Il connaissait Poole et avait probablement appris que M. Hyde était un familier de la maison. Dans de telles conditions, n'était-il pas raisonnable de lui montrer une lettre qui situait mieux les éléments du mystère et de lui demander d'examiner l'écriture ? Guest, passionné de graphologie, serait ravi. Et, ce qui ne gâtait rien, le premier clerc était un excellent conseiller. Il ne lirait pas ce document singulier sans formuler au passage une remarque... qu'Utterson utiliserait, le moment venu, comme point de départ d'un plan d'action.

« Je trouve bien tragique la mort de Sir Danvers Carew, dit l'avoué. N'est-ce pas votre avis, Guest ?

— Certainement, maître. L'opinion publique est bouleversée. L'assassin ne peut être qu'un dément.

— J'ai ici un document de sa main. J'aimerais savoir ce que vous en pensez. Cela entre nous, naturellement, car je n'ai encore rien décidé ! Une affaire sinistre, Guest, très sinistre ! Tenez, voici le document en question. C'est un autographe d'assassin. »

Les yeux du clerc brillèrent. Il s'approcha de la lampe et scruta la lettre avec une attention soutenue.

« Ce n'est pas une écriture de fou, dit-il à la fin, mais une écriture bizarre.

— Provenant, en tout cas, d'un auteur très bizarre... », ajouta l'avoué.

À ce moment, un domestique entra et remit une enveloppe à Utterson.

« Si je ne suis pas indiscret..., dit Guest. L'écriture sur cette enveloppe, n'est-ce pas celle du docteur Jekyll ?

— Exact, répondit Utterson. Et, à l'intérieur, il y a une simple invitation à dîner. Désirez-vous la voir ?

— Je n'en ai que pour une seconde. Merci, maître », répondit le premier clerc en prenant l'invitation.

Il posa les deux feuilles de papier côte à côte sur une table, les examina et les rendit à Utterson :

« Très... très intéressant. »

Il y eut un silence d'une minute environ, puis Utterson demanda brusquement :

« Pourquoi les avez-vous comparées ?

— Eh, monsieur, je leur trouve une singulière ressemblance. Les écritures, par bien des détails, sont identiques. Une seule différence : chez l'une, une légère inclinaison qui n'existe pas chez l'autre.

— En effet. C'est plutôt singulier.

— Oui, plutôt singulier ! répliqua Guest.

— Je souhaite, dit Utterson, que le silence le plus absolu soit gardé sur tout cela.

— Oui, maître, je comprends ! »

Ce soir-là, dès qu'il fut seul, l'avoué s'empressa d'enfermer la lettre signée Hyde, que Jekyll lui avait remise, dans son coffre-fort... d'où elle ne sortit plus jamais. En glissant la clef dans sa poche, il murmura :

« Est-il possible qu'il ait fait un faux en faveur d'un criminel ? »

Et il crut que le sang s'arrêtait dans ses veines.

6

Le docteur Lanyon disparaît

Du temps passa. On proposa une récompense de plusieurs milliers de livres. La récompense était élevée, et la population ressentait l'assassinat de Sir Danvers Carew comme une offense personnelle. Pourtant, Hyde échappa à toutes les recherches. Aucun policier ne l'aperçut. C'était un peu comme s'il n'avait jamais existé.

Cependant, petit à petit, on lui découvrit une existence exceptionnelle et terrible parmi des compagnons de sac et de corde. On parlait abondamment de son passé, on donnait cent preuves de son insensibilité et de sa violence. Mais nul n'avait la moindre idée de l'endroit où il se terrait.

Du jour où il s'était éclipsé de la maison de Soho, personne n'avait plus rien su de lui. Et, les semaines s'accumulant, Utterson commença de se sentir de moins en moins inquiet. Selon lui, la mort tragique de Sir Danvers Carew n'était rien d'autre que le prix payé par la société pour que son monstrueux meurtrier disparût à jamais.

Avec la disparition de cette influence diabolique, le docteur Jekyll commença une vie nouvelle. Il sortit de son isolement, renoua avec ses amis, alla chez eux, les invita chez lui. Réputé jusque-là pour sa charité, il le devint bientôt pour son assiduité aux offices religieux. Il sortait matin et soir, visitait les pauvres, faisait beaucoup de bien. Il s'épanouissait. Le bonheur de rendre service brillait sur son visage. Bref, pendant plus de deux mois, il parut avoir retrouvé la paix de l'âme.

Le 8 janvier, Utterson dîna chez Jekyll. Lanyon était parmi les invités. Durant tout le repas, leur hôte les traita tous les deux avec la même familiarité que jadis, lorsqu'ils formaient un trio d'amis inséparables. Le 12, puis de nouveau le 14, Utterson vint frapper à la porte de Jekyll. Elle s'ouvrit, mais Poole, avant de la lui refermer au nez, lui expliqua :

« Le docteur ne veut voir personne. »

Le 15, Utterson revint à la charge. Ayant pris l'habitude, pendant les derniers mois, de voir Jekyll presque chaque jour, ce retour à la claustration[1] volontaire ne manqua pas de l'inquiéter.

Le lendemain, il dîna à son propre domicile avec Guest, son clerc[2] principal. Et le surlendemain, il se rendit chez le docteur Lanyon.

Là, au moins, on ne refusa pas de le recevoir. Mais, dès l'entrée, il fut frappé du changement qui s'était opéré dans l'aspect du médecin. La griffe de la mort avait creusé ses traits. Lui qui avait le teint d'ordinaire coloré était devenu blême. En outre, il avait beaucoup maigri et ne possédait presque plus de cheveux. Bref, il avait terriblement vieilli. Mais le visiteur, sensible à ces signes de déclin rapide, fut surtout frappé par le fait que la peur éclatait dans l'attitude et le regard du médecin. Le docteur Lanyon aurait-il redouté la mort ? Au début, Utterson en douta. Puis il en arriva à penser : « Justement, étant médecin, il connaît son état. Il sait que ses jours sont comptés. Et cela, il n'arrive pas à le surmonter ! »

Toutefois, quand Utterson lui eut parlé de sa mauvaise mine, Lanyon déclara avec la plus grande fermeté :

1. Enfermement.
2. Employé.

« Je suis perdu. J'ai reçu un choc dont je ne me remettrai pas. C'est l'affaire de quelques semaines. La vie a été très agréable. Je l'ai aimée. Oh ! oui, je l'ai aimée ! Pourtant, il m'arrive quelquefois de penser que, si nous étions capables de prévoir que certaines épreuves nous sont réservées, nous partirions plus facilement.

— Jekyll lui aussi est malade, dit Utterson. L'as-tu vu ? »

Lanyon, plus blême que jamais, leva une main tremblante, puis, d'une voix à la fois retentissante et mal assurée :

« Je ne veux plus voir Jekyll ! Je ne veux plus entendre parler de lui ! J'ai rompu définitivement avec cet homme. Pour moi, c'est comme s'il était mort. Donc, je t'en prie, Utterson, pas un mot à son sujet. »

L'avoué laissa passer un long silence avant de demander :

« Ne puis-je rien faire ? Nous sommes trois très vieux amis. Nous ne vivrons plus assez longtemps pour en avoir d'autres.

— Je n'y peux rien, Utterson..., répliqua Lanyon, adresse-toi à lui !

— Il ne veut pas me voir.

— Je n'en suis pas surpris. Après ma mort, Utterson, tu apprendras peut-être toute l'histoire. Tu sauras enfin ce qui est vrai et ce qui est faux.

Moi, je dois me taire. Si tu veux que nous parlions d'autre chose, je suis avec plaisir à ta disposition. Cependant, fais bien attention. Mais si tu ne peux éviter ce maudit sujet, eh bien va-t'en, car je ne peux le supporter ! »

*
* *

Rentré chez lui, Utterson écrivit à Jekyll : « Pourquoi me fermes-tu ta porte ? Et pourquoi t'es-tu brouillé avec Lanyon ? »

Le lendemain, il reçut une longue réponse, souvent pathétique, parfois très sombre, embrouillée, assez mystérieuse. La rupture avec Lanyon semblait définitive. « Je n'adresse aucun reproche à notre camarade, disait Jekyll. Mais je suis d'accord avec lui que nous ne devons jamais nous revoir. Désormais, j'entends mener une vie de reclus. Ne sois pas surpris et ne doute pas de mon amitié, si ma porte est si souvent fermée, même pour toi. Le chemin où je m'engage est obscur. Ne m'en fais pas le reproche. Je me suis attiré un châtiment et je me suis exposé à des dangers sur lesquels il importe que je me taise. Je suis un grand pécheur, mais aussi une grande victime. Je ne pouvais imaginer qu'il y eût sur la terre un endroit où se cachaient des souffrances et des terreurs aussi inhumaines. Le seul moyen pour toi, Utterson, de m'aider à porter mon fardeau est de respecter mon silence. »

Utterson était atterré. Délivré de Hyde, le docteur Jekyll était revenu à ses amis et à l'exercice de sa profession. On aurait juré qu'il se préparait une vieillesse calme et honorée. Puis, en un moment, tout – amitiés, paix de l'esprit, prospérité – tout avait été anéanti comme dans un naufrage. Un changement si radical devait plonger ses racines dans la folie ! Mais Lanyon n'avait-il pas suggéré quelque chose de plus profond encore ?

Ce dernier, une semaine plus tard, s'alita. Quinze jours après, il rendait le dernier soupir.

Le soir des obsèques, Utterson, accablé, s'enferma à clef dans son cabinet, plaça devant lui une enveloppe sur laquelle le docteur Lanyon avait apposé son cachet. Puis, à la faible lueur d'une bougie, il lut cette impérieuse suscription :

« Personnel. À l'intention de J.G. Utterson seul. S'il meurt avant moi, cette lettre devra être détruite sans que nul n'en prenne connaissance. »

Sur le point d'ouvrir l'enveloppe, Utterson hésita.

« Aujourd'hui, j'ai enterré un ami, songeait-il.

Que deviendrai-je si le contenu de cette lettre m'en fait perdre un autre ? »

Enfin, dominant sa crainte, il rompit le cachet : à l'intérieur de la première enveloppe, il y en avait une deuxième, fermée elle aussi d'un cachet, et sur laquelle on avait écrit :

« À ne pas ouvrir avant la mort ou la disparition du docteur Henry Jekyll. »

Utterson resta un instant stupéfait : pourtant, c'était le mot disparition qui était écrit ! Comme dans le testament de fou qu'il avait depuis longtemps rendu à son auteur, on trouvait ici l'idée de disparition mêlée au nom de Jekyll. Mais, dans le testament, cette idée émanait en quelque sorte de la sinistre suggestion d'un certain Hyde et n'était là, visiblement, que dans le but de terrifier. Toutefois, sur cette deuxième enveloppe, que signifiait au juste la suscription du docteur Lanyon ?

Utterson eut soudain envie d'envoyer promener l'interdiction et de mettre le nez dans des mystères qu'on voulait lui cacher. Il fut rappelé à l'ordre par son honneur professionnel et par la fidélité qu'il devait au souvenir de son ami défunt. La lettre, sans avoir été décachetée, alla donc dormir dans le recoin le plus secret de son coffre-fort.

Réprimer la curiosité est une chose. Mais la vaincre en est une autre. Après une défaite de ce genre, il arrive parfois qu'elle ne reparaisse jamais.

Toujours est-il qu'à partir de ce moment, Utterson parut rechercher de moins en moins la société de son ami. Il pensait à lui avec affection, mais aussi avec crainte ou anxiété. Certes, il allait parfois frapper à sa porte... et, quand on ne pouvait le recevoir, il cachait mal sa satisfaction. Peut-être préférait-il bavarder sur le seuil avec Poole, dans la rumeur de la ville, plutôt que d'être admis dans cette maison transformée en une sorte de prison et de s'entretenir avec un reclus volontaire dont les mobiles lui échappaient de plus en plus.

D'ailleurs, Poole n'avait pas souvent des nouvelles agréables à lui communiquer. Le docteur, répétait-il, se confinait[1] dans son cabinet, près de l'amphithéâtre. Quelquefois, il lui arrivait même d'y passer la nuit. Il était triste et silencieux. Il ne lisait pas, semblait obsédé par quelque chose... Poole n'annonçait presque jamais d'autres nouvelles au visiteur. Si bien que celui-ci, peu à peu, vint de moins en moins souvent jusqu'à la porte du docteur Jekyll.

---

1 S'enfermer.

7

Conversation par une fenêtre

Utterson et Enfield faisaient, un dimanche, leur promenade habituelle. Le hasard les attira, une fois encore, dans la petite rue aux boutiques pimpantes. Quand ils arrivèrent devant le porche et le perron qu'ils connaissaient bien, ils s'arrêtèrent d'un même mouvement.

« Cette histoire est enfin terminée, soupira Enfield. Nous ne reverrons jamais M. Hyde.

— J'espère que non, dit Utterson. Je ne l'ai vu qu'une fois. Je crois avoir oublié de vous en parler. J'ai éprouvé comme vous de la répulsion.

— En effet, on ne pouvait le voir sans être dégoûté. Et, soit dit en passant, vous avez dû me prendre pour un sot de ne même pas savoir que la cour permet d'accéder à la maison du docteur Jekyll. Maintenant, je le sais. Mais c'est grâce à vous que je l'ai appris.

— Ah ! vous avez fait, vous aussi, cette découverte ! Puisqu'il en est ainsi, entrons dans la cour et jetons un regard aux fenêtres. Pour tout vous avouer, je ne suis pas rassuré à propos de mon pauvre Jekyll. J'ai l'impression que, même de l'extérieur, la présence d'un ami pourrait lui être bienfaisante. »

La cour était froide, humide, obscure, comme si la nuit l'emplissait déjà. Pourtant, au-dessus des deux visiteurs, le ciel restait illuminé par un étincelant coucher de soleil.

Sur les trois fenêtres, deux étaient fermées. La troisième n'était qu'entrouverte. Assis près de cette dernière, le docteur Jekyll prenait l'air. Ce qui frappait en lui, c'était surtout son expression désolée. On aurait dit un prisonnier rongé de désespoir.

Utterson l'interpella :

« Jekyll, j'espère que tu vas mieux ? »

Le médecin répondit presque dans un murmure :

« Au contraire, Utterson, je vais de plus en plus mal. Heureusement que je n'en ai plus pour longtemps...

— Tu restes trop enfermé. Tu devrais sortir un peu, te dégourdir les jambes. C'est ce que nous faisons souvent, Enfield et moi. À propos, je te présente mon cousin Enfield. Allons, Henry, prends ton chapeau et viens faire une promenade avec nous.

— Tu es bien aimable, Utterson. Je voudrais vous accompagner. Mais c'est impossible. Je n'ose pas. Oui, c'est cela : je n'ose pas ! Toutefois, Utterson, quel plaisir de te revoir ! Un vrai plaisir, tu sais ! J'aurais aimé vous inviter à me rejoindre ici. Mais la pièce où je me tiens n'est guère de celles où l'on peut recevoir.

— Dans ce cas, fit Utterson avec bonne humeur, je ne vois qu'une solution. C'est que nous restions où nous sommes. Nous continuerons à bavarder avec toi comme nous le faisons depuis notre arrivée.

— C'est justement ce que j'allais te proposer », dit le docteur Jekyll avec un sourire.

Ce sourire s'effaça de son visage à la seconde même où il terminait sa phrase, et il fit place à une telle expression de bassesse et de terreur, que les deux visiteurs restèrent un instant pétrifiés. Immédiatement après, une main ferma les volets. Cependant, ils en avaient assez vu. Ils pivotèrent sur leurs talons et sortirent de la cour sans un mot.

Ils marchèrent jusqu'à l'extrémité de la rue, puis ils s'engagèrent dans une autre artère où, même le dimanche, il y avait toujours un peu d'animation.

Enfin, Utterson regarda son compagnon. Tous deux étaient pâles, et il y avait, dans leurs yeux, la même épouvante.

« Mon Dieu ! Mon Dieu ! », gémit Utterson.

Enfield, lui, secoua gravement la tête et continua de marcher sans desserrer les dents.

8

La dernière nuit

Un soir, après dîner, Utterson était assis au coin de sa cheminée quand il eut la surprise de voir arriver Poole.

« Eh bien, Poole. Quel bon vent vous amène ? » demanda l'avoué.

Puis, le regardant mieux, il ajouta :

« Auriez-vous des ennuis ? Votre maître serait-il plus malade ?

— Monsieur... il y a quelque chose qui ne tourne pas rond.

— Voyons, asseyez-vous et versez-vous un verre de vin. Puis, calmement, posément, en prenant votre temps, dites-moi ce que vous désirez.

— Vous connaissez le docteur. Vous savez qu'il a des habitudes bizarres, qu'il lui arrive, par exemple, de s'enfermer. Eh bien, il vient de s'enfermer de nouveau dans son cabinet ! Je n'aime pas ça, monsieur Utterson ! Et j'ai peur ! Ah ! oui, j'ai peur !

— Je voudrais que vous soyez un peu plus précis, Poole. De quoi avez-vous peur ?

— J'ai peur depuis une semaine, reprit Poole, ignorant obstinément la question, et je ne peux plus le supporter ! »

Il était clair, à sa mine, qu'il ne jouait pas la comédie. Son attitude avait changé. Et, sauf à l'instant où il avait annoncé qu'il mourait de peur, il n'avait pas regardé Utterson en face une seule fois. Même maintenant, il restait immobile les yeux fixés sur un coin de la pièce, l'une de ses mains serrant le verre de vin qu'il n'avait même pas porté à ses lèvres.

« Je ne peux plus supporter ça ! répéta-t-il.

— Je vois, Poole, reprit Utterson, que vous avez une bonne raison d'être bouleversé. Je vous crois quand vous m'assurez que quelque chose ne tourne pas rond dans la maison du docteur Jekyll. Mais de quoi s'agit-il exactement ? Essayez de me l'expliquer.

— Il me semble, monsieur, répondit Poole d'une

voix rauque, qu'il y a là-bas une sorte de perfidie, de malhonnêteté, de trahison.

— Perfidie ! s'écria l'avoué que la peur rendait irritable. Quelle perfidie ? Qu'est-ce que cela signifie ?

— Je n'ose pas être plus précis, monsieur. Mais, si vous voulez m'accompagner, vous verrez par vous-même. »

Sans répondre, Utterson se leva, décrocha son chapeau et son pardessus. Il remarqua, non sans étonnement, que le vieux domestique paraissait soulagé et, surtout, qu'il s'empressait de lui emboîter le pas... en abandonnant son verre toujours plein !

*

* *

Une nuit de mars d'un froid coupant, comme il y en avait souvent en cette période de l'année. Une lune pâle qui semblait couchée sur le dos. En tout cas, elle donnait l'impression d'avoir été renversée par une bourrasque. Enfin, au ras du sol, les flocons transparents d'un brouillard sans cesse en mouvement. Le vent empourprait les visages et rendait toute conversation difficile. On aurait juré qu'il avait vidé jusqu'au dernier passant les rues voisines. En effet, Utterson voyait pour la première fois ce quartier de Londres aussi désert. Il l'aurait préféré plus animé, car, jamais au cours de son existence, il n'avait éprouvé un si grand désir de coudoyer[1] ses semblables, de les sentir autour de lui. Il avait beau multiplier les efforts, il ne parvenait pas à chasser de son esprit le pressentiment d'une catastrophe. Le square, quand ils y parvinrent, n'était que vent et poussière. Les arbres, nus et flagellés, battaient des branches contre les grilles. Poole, qui précédait l'avoué depuis le départ, s'arrêta au milieu du trottoir, enleva son chapeau et, malgré le froid, s'essuya le front avec un mouchoir. Mais, ce qu'il essuyait, c'était moins la sueur due à l'effort qu'il venait d'accomplir, que la moiteur d'une angoisse trahie par la pâleur de son visage et le tremblement de sa voix :

« Eh bien, monsieur, nous voilà arrivés. Dieu veuille qu'il ne se soit rien passé de grave.

— Amen... Poole », dit l'avoué.

Le vieux domestique s'approcha de la porte, frappa d'un index prudent. On ouvrit – plutôt on entrouvrit – et une voix demanda :

« C'est vous, Poole ?

— Oui, c'est moi. Ouvrez, je vous prie. »

---

1. Être en contact de.

Quand les deux visiteurs eurent franchi le seuil, ils constatèrent que le hall était brillamment éclairé. Autour de la cheminée où flambait un grand feu, tous les domestiques de la maison, hommes et femmes, se pressaient les uns contre les autres, comme des moutons. À la vue d'Utterson, la femme de chambre éclata en sanglots, et la cuisinière cria :

« Mais c'est lui ! C'est M. Utterson ! »

Et elle se précipita comme pour le serrer dans ses bras. Mais Utterson l'arrêta d'un geste :

« Eh bien, quoi ? Que faites-vous tous ici ? dit l'avoué, maussade.

— Ils ont peur », dit Poole.

Après cette courte scène mouvementée, il y eut un silence. Personne ne protesta contre ce que Poole venait de dire. Seule la femme de chambre sanglota plus bruyamment.

« Taisez-vous ! » lui ordonna Poole avec une rudesse sous laquelle il essayait de cacher sa propre nervosité.

À vrai dire, quand la femme de chambre avait soudain redoublé ses sanglots, toutes les personnes rassemblées dans le hall avaient tressailli et s'étaient tournées vers la porte du fond, les yeux agrandis par la frayeur.

« Et maintenant, reprit Poole, en s'adressant à un gâte-sauce d'une douzaine d'années, va me chercher une bougie. Il faut tirer tout de suite cette affaire au clair. »

Il pria Utterson de le suivre et l'entraîna vers la partie postérieure de la maison.

« Faites le moins de bruit possible, lui conseilla-t-il. Je veux que vous entendiez sans qu'on se rende compte de votre présence. Et si, par hasard, il... il vous demandait d'entrer, surtout n'en faites rien ! »

Utterson fut si bouleversé de ces conseils qu'il faillit faire demi-tour. Mais il se ressaisit aussitôt et suivit le vieux domestique dans l'amphithéâtre toujours jonché de flacons et d'objets de toutes sortes, jusqu'au pied de l'escalier. Là, Poole lui fit signe de se placer à gauche de la plus basse marche et de tendre l'oreille. Lui-même posa sur le plancher la bougie qu'il tenait à la main, respira à fond comme pour renforcer son courage, gravit les degrés et, d'un doigt assez hésitant, frappa contre le rideau rouge qui masquait la porte du bureau.

« Docteur, annonça-t-il, il y a là M. Utterson qui désire vous voir. »

Et, pour la deuxième fois, il invita Utterson à bien écouter.

La voix qui répondit avait un accent plaintif :

« Dites-lui que je ne suis pas en état de voir qui que ce soit.

— Très bien, docteur », dit Poole.

Il reprit la bougie, entraîna son compagnon à travers la cour et le poussa dans la vaste cuisine. La cheminée était éteinte. Des blattes grouillaient sur le sol.

« Monsieur, dit-il en plantant ses yeux dans ceux d'Utterson, cette voix était-elle celle de mon maître ?

— En tout cas, elle a bien changé », répliqua Utterson qui avait pâli, mais en rendant au vieux domestique regard pour regard.

« Changé ? répéta Poole. C'est bien ce que je pense, moi aussi. Voilà vingt ans que je suis dans cette maison. Croyez-vous que je pourrais me tromper sur la voix de mon maître ? Non, monsieur Utterson, non ! Ce n'est plus le docteur. C'est... je ne sais qui. Le docteur a disparu. Plutôt, on l'a fait disparaître. Ça s'est passé il y a huit jours, quand on l'a entendu supplier, appeler. Qui est à sa place maintenant dans le cabinet ? Et pourquoi celui qui l'a fait disparaître reste-t-il là ? Pourquoi ne part-il pas ? Cette affaire doit être éclaircie. C'est indispensable ! Et, s'il y a un coupable, il faut le châtier[1] !

— C'est une bien étrange histoire que vous me racontez là, Poole, dit l'avoué en mordillant l'extrémité de son index. Supposons que vous ne vous trompiez pas, que le docteur Jekyll ait été assassiné. Qu'est-ce qui pourrait inciter l'assassin à rester dans

1. Punir.

ce cabinet ? Ce serait un défi au bon sens. Allons, Poole, reconnaissez que tout cela ne tient pas debout.

— Vous êtes difficile à convaincre, monsieur Utterson ! répliqua le vieux domestique. Mais j'y arriverai. Il faut que vous sachiez que toute la semaine dernière... celui... l'être – je ne vois pas comment dire – qui est enfermé dans le cabinet, a crié nuit et jour pour réclamer une sorte de médicament qu'on ne lui apportait pas assez vite. Naguère, mon maître griffonnait quelquefois ses ordres sur des feuilles de papier qu'il glissait sous la porte. Toute cette semaine, je suis resté dans les parages. J'apportais les repas. Pour les prendre, on profitait des rares moments où j'avais le dos tourné. En revanche, que de feuilles de papier ! Elles se succédaient à une cadence vraiment infernale. Chaque jour, c'étaient des ordres, des contrordres à n'en plus finir. J'ai couru ainsi chez je ne sais plus combien de pharmaciens. Toutes les fois que je revenais, un nouveau papier avait été glissé sous la porte. On me disait que le médicament n'était pas pur. On me suppliait de courir tout de suite chez un autre pharmacien. Quant au médicament, j'ignore ce qu'on peut en faire. Mais on semble en avoir un besoin très impérieux.

— Avez-vous gardé l'un des papiers ? »

Poole tira d'une de ses poches une sorte de chiffon. Utterson le défroissa, l'examina à la lumière d'une bougie. « Le docteur Jekyll, lut-il, présente ses compliments à MM. Maw. Il tient à leur faire savoir que leur dernier échantillon est impur, donc inutilisable pour l'usage auquel il était destiné. En 18... le docteur Jekyll vous a acheté une assez grande quantité de ce produit. Il désire que vous lui fassiez parvenir le même produit et, surtout, de la même qualité. Peu lui importe le prix. Veuillez considérer que ledit produit est pour lui d'une importance capitale. Oui, capitale ! »

Jusque-là, l'écriture était normale. Puis, brusquement, la plume s'écrasait, et le post-scriptum, barbouillé de taches d'encre, était difficile à déchiffrer :

« Pour l'amour de Dieu, donnez-moi satisfaction et faites diligence ! »

Utterson murmura :

« Étrange... très étrange. »

Puis, relevant la tête :

« Mais, dites-moi, Poole, comment se fait-il que ce billet soit en votre possession ?

— C'est l'employé de chez Maw qui me l'a presque jeté à la figure, tant il était en colère, expliqua le vieux domestique.

— Pas le moindre doute au sujet de l'écriture. C'est bien celle du docteur Jekyll, n'est-ce pas ?

— Je le pensais », répliqua le vieux domestique d'un ton assez maussade.

Et, prenant une voix presque autoritaire :

« Qu'importe l'écriture ! Ce qui compte, c'est que je l'ai vu... lui !

— Vous l'avez vu ? Eh bien, qu'est-ce que vous attendez pour raconter ?

— Voilà, monsieur, comment la chose s'est passée. Je venais du jardin. J'entre dans l'amphithéâtre. Il avait dû sortir du cabinet pour chercher... je ne sais quoi, peut-être le médicament. Toujours est-il qu'il fouillait à droite et à gauche et qu'à ce moment-là il se trouvait à l'autre bout de la salle. Dès qu'il m'entendit, il poussa des cris aigus, gravit l'escalier en deux ou trois bonds et disparut dans le cabinet. Je ne fis que l'apercevoir. Mais les cheveux se dressèrent sur ma tête. Monsieur Utterson, si cet homme est mon maître, pourquoi porte-t-il un masque ? Pourquoi pousse-t-il des cris de rat ? Pourquoi s'est-il enfui à mon premier mouvement pour le rejoindre ? Je l'ai servi assez longtemps pour estimer que... »

Le vieux domestique s'arrêta et se passa la main sur le front.

« Tout cela me paraît bien singulier, commenta Utterson. Cependant, il me semble que je commence à voir clair. Votre maître souffre évidemment d'une de ces maladies qui torturent, déforment le malade, et le condamnent à fuir ses semblables. De là, chez votre maître, ce besoin furieux de certain médicament dont il attend la guérison. Le pauvre ! Pourvu qu'on ne l'ait pas trompé ! Voilà donc mon explication, Poole. Elle est triste et assez effrayante, si l'on y songe. Mais, au moins, elle est simple et naturelle. Elle s'accorde avec les événements et nous invite à écarter toute inquiétude excessive. »

Le vieux domestique était devenu livide :

« Mais, monsieur Utterson, l'homme que j'ai vu n'est pas mon maître ! »

Après un coup d'œil méfiant aux quatre coins de la cuisine, il reprit à mi-voix :

« Mon maître est de haute taille, bien bâti. L'individu dont je vous parle est une espèce de nain ! »

Utterson esquissa une moue sceptique :

« Allons, Poole, vous n'exagérez pas un peu ?

— Non, monsieur ! protesta le vieux domestique. Depuis vingt ans que je le sers, je connais bien mon maître. Je sais que sa tête atteint presque le haut de la porte de son cabinet. Non, monsieur, l'individu qui portait un masque n'a jamais été le docteur Jekyll. Dieu seul sait ce que c'était, mais ce n'était pas le docteur Jekyll. Je suis convaincu qu'un meurtre a été commis.

— Si telle est votre conviction, Poole, interrompit l'avoué, il va falloir que je fasse une vérification sur les lieux mêmes. J'aurais voulu respecter la vie intime de votre maître. Mais si le billet dont j'ai pris connaissance, il y a cinq minutes, m'incline à penser qu'il est toujours vivant, il ne m'en donne pas la certitude absolue. Il est donc de mon devoir de faire enfoncer la porte.

— Ah ! monsieur Utterson, s'exclama Poole, voilà qui est parler !

— Reste un problème : cette porte, qui l'enfoncera ?

— Vous et moi, monsieur, dit Poole d'une voix ferme.

— Entendu, Poole. En ce qui vous concerne, je m'arrangerai pour que cela ne vous cause aucun ennui.

— Il y a, dans un placard de l'amphithéâtre, une hache. Je m'en servirai. Vous, monsieur, prenez le gros tisonnier[1] que vous voyez là, dans la cheminée de la cuisine. »

Utterson alla chercher le tisonnier et revint en le soupesant.

« Savez-vous, Poole, dit-il, que nous allons nous mettre tous les deux dans une situation qui n'est pas sans péril ?

— C'est bien mon avis, monsieur.

— Il convient alors que nous soyons francs l'un envers l'autre. Nous en pensons bien plus que nous

1. Longue barre de fer avec laquelle on remue les braises dans le feu.

n'en avons dit. Vidons entièrement notre sac. Ce nain masqué que vous avez vu, avez-vous eu l'impression de le reconnaître ?

— Vous savez, monsieur, il courait vers l'escalier et il était si courbé que je l'apercevais à peine. Bien sûr, je ne peux jurer de rien. Mais si vous me demandiez : "Était-ce M. Hyde ? " Eh bien, je crois que je vous répondrais : "Oui, monsieur, c'était lui." À peu près de la même taille, la même agilité. Et puis, qui d'autre aurait pu entrer dans la maison par la porte de derrière, celle de l'amphithéâtre ? Enfin, si vous vous souvenez, il avait encore la clef sur lui au moment du meurtre. Mais ce n'est pas tout. Avez-vous jamais rencontré M. Hyde ?

— Oui, une fois, répondit Utterson. Je lui ai même parlé.

— Vous devez donc savoir, comme nous tous ici, que cet homme a quelque chose de singulier, qui donne un choc. Je m'exprime mal, monsieur. C'est plus qu'un choc. C'est... un froid qui pénètre en vous-même, jusqu'à la moelle de vos os.

— En effet, j'ai éprouvé cela.

— Eh bien, monsieur, quand cet individu masqué est passé devant moi en faisant des bonds de singe, j'ai éprouvé cette sensation de froid. Oh ! je sais que ce n'est pas une preuve, monsieur Utterson, j'ai assez appris dans les livres pour cela. Mais il est permis d'avoir une opinion, et je suis prêt à jurer sur la Bible que c'était M. Hyde !

— Je ne suis pas loin de partager votre conviction, Poole. Il devait y avoir une sorte d'intimité entre votre maître et ce nain. De là est venu tout le mal. Je crois que mon pauvre Henry a été assassiné et que le meurtrier (dans quel but ? Dieu seul le sait) se cache encore dans le cabinet de sa victime. Poole, c'est nous qui allons le venger ! Allez chercher Bradshaw. »

Bradshaw était le valet de pied[1] du docteur Jekyll. Il apparut peu après, très pâle et agité d'un tremblement.

« Allons, calmez-vous, lui dit Utterson. Nous sommes tous dans l'incertitude. Et rien n'est plus pénible. Mais, Poole et moi, nous avons décidé d'en finir. Nous allons pénétrer dans le cabinet de votre maître. Il se peut que tout se passe bien. Dans le cas contraire, je prends sur moi l'entière responsabilité. J'ai des relations. Elles nous tireront de n'importe quel mauvais pas. Cependant, Bradshaw, si les choses se gâtaient et si, par exemple, un malfaiteur tentait de s'échapper par la cour, vous surveillerez avec le groom[2] toutes les issues. Et que chacun de

1. Domestique de grande maison.
2. Jeune valet.

vous s'arme d'un solide gourdin[1]. Vous avez dix minutes pour gagner vos postes. »

Tandis que le valet de pied se retirait, Utterson consulta sa montre.

« Maintenant, Poole, gagnons les nôtres. »

Sur ces mots, il glissa le tisonnier sous son bras gauche et, précédant le vieux domestique, sortit de la cuisine. Depuis un moment, les nuages cachaient la lune, si bien que la nuit était d'un noir impénétrable. Dans cette cour entourée de bâtiments élevés et qui semblait profonde comme un puits, le vent soufflait en brèves bourrasques qui couchaient la flamme de la bougie. Au loin, Londres faisait entendre son bourdonnement habituel. Utterson et Poole, après avoir traversé la cour, regagnèrent l'amphithéâtre. Là, le silence aurait été total sans le bruit d'un pas qui, au-dessus des deux hommes, arpentait le plancher du cabinet.

Poole souffla à l'oreille d'Utterson :

« Il marche comme ça des nuits entières. Il ne s'arrête que quand on lui apporte de chez le pharmacien un nouvel échantillon de son médicament. Il faut avoir bien mauvaise conscience pour marcher comme ça, presque tout le temps ! Et, dans chacun de ces pas-là, j'ai l'impression, moi, qu'il y a du sang versé par traîtrise ! Monsieur, écoutez

1. Gros bâton servant à frapper.

encore. Approchez-vous le plus possible. Et dites-moi : ce pas, selon vous, est-il vraiment celui de mon maître ? »

Un pas étrange, en effet : léger, inégal, d'un rythme syncopé, très caractéristique. Henry Jekyll avait un pas plus régulier, plus lourd. En tout cas, il ne marchait pas de cette façon...

Utterson soupira, puis :

« Est-ce tout, Poole ?

— Pas tout à fait, monsieur. Un jour, je l'ai entendu pleurer. »

Utterson maîtrisa un tressaillement :

« Pleurer ? Vous êtes certain...

— Oui. Comme une femme ou comme un fantôme. Je n'ai pas pu supporter ça. Je me suis enfui. Je crois bien que j'allais me mettre, moi aussi, à verser des larmes ! »

Maintenant, le délai de dix minutes était écoulé. Poole sortit la hache de sous un tas de paille d'emballage. Utterson posa la bougie sur la table la plus proche de l'escalier, afin d'avoir un peu de lumière pendant l'attaque. Puis tous deux, retenant leurs souffles, s'approchèrent de l'escalier et tendirent un instant l'oreille au net martèlement du plancher dans le silence nocturne.

Utterson cria d'une voix forte :

« Jekyll, je tiens absolument à te voir ! »

Le pas s'arrêta. Mais pas de réponse.

« Je t'avertis franchement, reprit Utterson, que nous avons des soupçons... Bref, il est important que je te voie. Et je te verrai, quoi qu'il arrive, par n'importe quels moyens, légaux ou illégaux, par persuasion ou par violence ! »

Enfin, il y eut une réponse :

« Utterson, pour l'amour de Dieu, aie pitié de moi !

— Ce n'est pas la voix de Jekyll ! s'écria Utterson. C'est celle de Hyde ! Vite, Poole, enfoncez cette porte ! »

Poole gravit en hâte l'escalier, éleva la hache au-dessus de sa tête et, à travers le rideau rouge, frappa la porte de toutes ses forces. Le battant fut ébranlé.

Un cri sinistre, semblable à celui d'un animal terrifié, monta du cabinet. De nouveau, Poole leva sa hache et frappa. Cette fois, le battant et l'encadrement craquèrent. Trois fois encore, la hache remplit son office. Mais le bois était dur, et la porte avait été apparemment montée par d'excellents ouvriers. Ce fut seulement au cinquième coup que, Poole ayant réussi à arracher la serrure, le battant tomba à l'intérieur du cabinet, sur un tapis.

Les assaillants restèrent un instant effrayés par le silence qui succédait au tintamarre. Ils reculèrent d'un pas et plongèrent leur regard à l'intérieur du cabinet. La pièce n'était éclairée que par une lampe. Un bon feu flambait dans la cheminée et la bouilloire chantonnait son refrain. Le bureau, dont deux ou trois tiroirs étaient restés ouverts, disparaissait sous des papiers assez soigneusement rangés. Sur une petite table, devant la cheminée, on avait préparé tous les accessoires pour le thé. Bref, une pièce qui, cette nuit-là, aurait pu passer pour la plus paisible, la plus banale de Londres... si les murs n'avaient disparu sous des vitrines pleines de produits chimiques.

Juste au milieu du cabinet, un homme gisait dont le corps, contracté par la souffrance, était agité de soubresauts. Utterson et Poole s'approchèrent sur la pointe des pieds, le retournèrent et découvrirent le visage d'Edward Hyde. Celui-ci était vêtu d'habits beaucoup trop grands pour lui, qui auraient mieux convenu au docteur Jekyll. Le visage continuait à tressaillir mais toute vie semblait s'en être retirée. Pour s'en convaincre, il suffisait de humer la forte odeur d'amandes qui flottait dans l'air et qui provenait d'une fiole brisée dont le mort serrait encore quelques morceaux dans sa main. Selon toute évidence, Hyde s'était suicidé.

« Nous arrivons trop tard, constata Utterson

d'une voix sombre. Plus question de sauver ou de châtier. Hyde s'est puni lui-même. Il ne nous reste qu'à trouver le corps de votre maître. »

Cette partie postérieure de la maison comprenait essentiellement l'amphithéâtre et le cabinet. L'amphithéâtre, éclairé par une verrière, occupait la presque totalité du rez-de-chaussée. Le cabinet, dont les fenêtres donnaient sur la cour, formait à lui seul un premier étage, ou plutôt un entresol. Un corridor reliait l'amphithéâtre à la porte dérobée de la petite rue, et le cabinet communiquait séparément avec celle-ci par une seconde volée d'escaliers. Pour le reste, il n'y avait que des réduits obscurs et une vaste cave.

Les moindres recoins furent soigneusement explorés. Les réduits n'exigeaient qu'un simple coup d'œil. Personne n'y avait pénétré depuis bien longtemps, à en juger par la poussière qui tombait du haut des portes quand on les ouvrait. La cave était encombrée d'objets de toutes sortes, datant sans doute de l'époque où un chirurgien, prédécesseur d'Henry Jekyll, occupait la maison. Ils comprirent d'ailleurs en ouvrant la porte l'inutilité d'aller plus loin en voyant tomber un véritable tapis de toiles d'araignées qui avait scellé l'entrée depuis des années. Nulle part, ils n'avaient relevé la moindre trace d'Henry Jekyll, mort ou vif.

Lorsqu'ils furent sortis de la cave, Poole frappa du pied les dalles qui formaient le sol du couloir.

« Il est peut-être là-dessous, dit-il en prêtant l'oreille.

— À moins qu'il ne se soit enfui », objecta Utterson en se tournant vers la porte donnant sur la rue.

Cette porte était verrouillée et la clef, tombée sur les dalles, tachée de rouille.

« Elle ne semble pas avoir servi, dit Utterson.

— Je ne vois pas comment elle aurait pu servir, répondit Poole. Regardez, monsieur, elle est cassée. On jurerait que quelqu'un l'a piétinée jusqu'à ce qu'elle se brise.

— En effet », dit Utterson.

Il ajouta :

« Les cassures sont même rouillées ! »

Les deux hommes se regardèrent avec la même expression effrayée.

« Dans tout cela, il y a beaucoup de choses qui me dépassent, reprit Utterson. Regagnons le cabinet. »

Ils montèrent l'escalier en silence, puis procédèrent – non sans jeter de temps à autre un regard de biais au cadavre – à un examen de la pièce plus approfondi que le premier. Sur une table, il y avait, dans des soucoupes en verre, plusieurs petits tas d'une poudre très blanche, comme si l'homme qui gisait sur le plancher avait été empêché d'accomplir une expérience préparée pourtant avec soin, du moins à ce qu'il semblait.

« Cette poudre, dit le vieux domestique, est celle que mon maître m'envoyait chercher dans les pharmacies presque chaque jour... »

Au moment même où il parlait, la bouilloire déborda avec un sifflement aigu.

Ils s'approchèrent de la cheminée. Un fauteuil... la théière sur une petite table... Il y avait même, dans la tasse, quelques morceaux de sucre. Tout semblait prêt pour le confort et le plaisir de quelqu'un. Le long du mur, une tablette chargée de livres. L'un d'eux, ouvert, avait été abandonné sur la table, près de la théière. Utterson se pencha, s'aperçut qu'il s'agissait d'un ouvrage de piété pour lequel Henry Jekyll avait plusieurs fois exprimé une grande estime. Pourtant, de sa propre main, il avait griffonné dans les marges d'affreux blasphèmes !

Poole et Utterson continuèrent à visiter le cabinet. Ils arrivèrent ainsi à un mètre d'une psyché[1] devant laquelle, d'un même mouvement instinctif, ils reculèrent. Elle était pourtant orientée de telle façon qu'elle reflétait seulement leurs visages pâlis par la crainte. Mais, au-dessus de leurs visages, une

1. Grande glace.

lueur rose jouait sur le plafond, formée de tous les reflets de la cheminée dans les vitrines contenant les produits chimiques. Poole murmura :

« Ce grand miroir a dû voir des choses bien étranges...

— La chose la plus étrange, c'est cette psyché elle-même, commenta Utterson sans élever la voix. Car qu'est-ce que Jekyll... »

Il hésita, puis, surmontant une courte faiblesse :

« À quoi pouvait-elle lui servir ? »

Poole hocha la tête :

« On peut se le demander ! »

Ensuite, ils revinrent vers le bureau. Au sommet d'une pile de papiers, ils trouvèrent une grande enveloppe sur laquelle le docteur Jekyll avait tracé en lettres majuscules le nom d'UTTERSON. Celui-ci décacheta l'enveloppe. Plusieurs feuillets tombèrent sur le plancher. Le premier était un testament rédigé dans les mêmes termes extravagants que celui qu'il avait renvoyé à son auteur quelques mois auparavant. Toujours les mêmes clauses, mais le nom du bénéficiaire avait changé. À la place d'Edward Hyde, l'avoué lut, avec stupeur, son propre nom : Gabriel John Utterson. Il regarda Poole, puis de nouveau le testament et enfin le mort gisant sur le tapis.

« La tête me tourne, dit-il. Quand je pense que ce misérable a eu tous ces jours-ci ce document en sa possession et qu'il ne l'a pas détruit... alors qu'il n'a aucune raison de m'aimer et qu'il devait enrager de se voir évincé! »

Il ramassa un autre feuillet. C'était une lettre assez courte écrite par Jekyll... mais surtout datée.

« Poole, regardez cela ! cria-t-il. D'après la date, Jekyll était encore dans cette maison aujourd'hui, bien vivant. On n'a pu le faire disparaître en si peu de temps. Il a dû s'enfuir ! Mais pourquoi et comment ? Dans ce cas, pouvons-nous déclarer ce suicide à la police ? Pour nous, n'y aurait-il pas certains risques à le faire ? Soyons prudents. Cela vaut mieux. Nous risquerions d'entraîner votre maître dans des ennuis sans fin, peut-être dans une catastrophe !

— Monsieur, demanda Poole, pourquoi ne lisez-vous pas la lettre ?

— Parce que j'ai peur ! répondit l'avoué d'un ton grave. Dieu veuille que ce soit sans raison ! »

D'un regard, il déchiffra la lettre, puis il la relut à haute voix :

Mon cher Utterson,

Quand ce billet te parviendra, j'aurai disparu dans des circonstances que je suis incapable de prévoir. Je n'ai pas le don de double vue. Mais mon instinct et la situation indescriptible où je suisplongé me persuadent que ma fin est inévitable, et sans doute très proche. Je te prie de lire d'abord le récit que Lanyon m'a assuré t'avoir remis. Ensuite, si tu veux en savoir davantage, il ne te restera plus qu'à prendre connaissance de la confession de ton méprisable et malheureux ami,

Henry Jekyll

Utterson leva les yeux :

« N'y avait-il pas autre chose ?

— Si, monsieur », dit Poole.

Et il tendit à l'avoué un paquet assez épais, fermé en plusieurs endroits par des cachets de cire. Utterson prit le paquet et le glissa dans sa poche.

« Pour l'instant, dit-il, je ne me risquerai pas à commenter la lettre que je viens de vous lire. Si votre maître a fui ou s'il est mort, nous pouvons, du moins, sauver sa réputation. Il est dix heures. Je vais chez moi pour examiner à tête reposée tous ces documents. Je serai de retour ici avant minuit. Alors, nous enverrons chercher la police. »

Ils sortirent du cabinet, traversèrent l'amphithéâtre et verrouillèrent la porte derrière eux. Utterson repassa devant les domestiques toujours rassemblés autour de la cheminée, dans la grande salle. Puis, d'un pas lourd, il prit le chemin de son bureau afin d'y lire en toute tranquillité les deux récits qui devaient éclaircir le mystère.

9

Le récit du docteur Lanyon

Le 9 janvier, il y a donc quatre jours, j'ai reçu par le courrier du soir une lettre recommandée. Sur l'enveloppe, je reconnus l'écriture de mon collègue et camarade d'études Henry Jekyll. Ma surprise était grande, car nous n'avions en aucune façon coutume de nous écrire. En outre, le soir précédent, j'avais vu Jekyll et même dîné avec lui. Rien, vraiment, dans nos rapports, ne justifiait un procédé aussi strict que celui de la correspondance recommandée. Mais mon étonnement s'accrut lorsque je lus ce qui suit :

« 10 décembre 18...

« Cher Lanyon,

« Tu es l'un de mes plus anciens amis. Bien que nous ayons eu parfois des opinions différentes sur des problèmes scientifiques, je ne puis me souvenir d'aucun refroidissement dans notre amitié – du moins de mon côté. Il n'y a pas un jour où, si tu m'avais dit : "Jekyll, ma vie, mon honneur et ma raison dépendent de toi", je n'aurais sacrifié ma fortune et même ma main gauche pour t'aider. Aujourd'hui, Lanyon, ma vie, mon honneur et ma raison sont entre tes mains. Si, ce soir, tu m'abandonnes, je suis perdu. D'après ce préambule, tu dois t'imaginer que je m'apprête à te demander un service déshonorant. Juge toi-même si tu ne t'es pas trompé.

« Je te supplie de remettre à plus tard tous les engagements que tu as pu prendre, même si on t'a appelé au chevet d'un empereur ! Prends un fiacre, à moins que ta voiture ne soit en ce moment à ta porte et, la présente lettre à la main, rends-toi tout droit à mon domicile. Poole, mon maître d'hôtel, sait ce qu'il doit faire. Tu le trouveras t'attendant en compagnie d'un serrurier. Tu feras forcer la serrure de mon cabinet. Tu entreras seul. Tu ouvriras la vitrine située à gauche et portant la lettre E. Si la serrure résiste, tu la briseras. Tu prendras tel qu'il est – je veux dire avec tout son contenu – le quatrième tiroir à partir du haut ou, ce qui revient au même, le troisième à partir du bas. Dans mon profond désarroi, je redoute de t'induire en erreur. D'où tant de précisions qui peuvent te paraître futiles. J'aurais pu aussi bien me contenter de t'indiquer que le tiroir en question est celui qui contient des sachets de poudre, un flacon et un cahier. Sans en rien retirer, porte-le chez toi.

« Telle est la première partie du service que je sollicite de ta part. Voici la seconde. Si tu te mets en route dès que tu auras pris connaissance de ma requête, tu seras de retour à ton domicile longtemps avant minuit. Je t'accorde cette marge, car il faut toujours redouter un obstacle imprévisible. D'autre part, mieux vaut, pour ce qu'il te restera à faire, que tu attendes le moment où tes domestiques seront couchés. À minuit donc, je te demande d'être seul dans ton cabinet de consultation, d'introduire toi-même dans ta maison un homme qui se présentera de ma part et de lui remettre le tiroir que tu auras rapporté chez toi. Tu auras alors joué ton rôle et mérité ma reconnaissance. Si, cinq minutes plus tard, tu exiges une explication de ma part, je te ferai comprendre que toutes ces manœuvres étaient d'une importance capitale et qu'en négligeant une seule d'entre elles tu risquais d'être responsable de ma mort ou de ma folie.

« Ma main tremble et mon cœur se serre à la pensée que tu pourrais prendre mon appel à la légère. Mais tu n'en feras rien, j'en suis persuadé. Songe qu'à cette heure je suis dans une situation bien singulière et accablé d'une détresse que je ne puis décrire, car elle dépasse l'imagination. Cependant, je reste sûr que, si tu suis de point en point mes instructions, mes épreuves seront bientôt oubliées. Mon cher Lanyon, aide et sauve,

ton vieil ami H.J.

« P.S. L'enveloppe était déjà fermée lorsque j'ai été assailli par de nouvelles appréhensions. Il arrive que la poste accomplisse mal son office. Je crains que ma lettre ne te parvienne pas avant demain matin. Dans ce cas, mon cher Lanyon, fais ce que je t'ai demandé, à l'heure de la journée qui te conviendra le mieux. D'autre part, compte toujours sur la visite de mon messager à minuit. En effet, s'il ne se passe rien avant le matin, il faudra te résigner à comprendre que tu as vu Henry Jekyll pour la dernière fois. »

Cette lettre me convainquit qu'Henry Jekyll avait perdu la raison, mais jusqu'à ce que la preuve en soit faite je me sentais obligé de faire ce qu'il me demandait. Je ne comprenais rien à cette situation qui me paraissait extrêmement confuse et, par conséquent, j'étais incapable d'en mesurer la gravité. Cependant, quelque chose me disait que je prendrais une responsabilité terrible si je laissais sans réponse ce dramatique appel au secours.

Je sautai donc dans un fiacre et me fis conduire chez Henry Jekyll. Le maître d'hôtel m'attendait. Lui aussi avait reçu ses instructions par une lettre recommandée et, immédiatement, il avait envoyé chercher un serrurier et un menuisier. Ces derniers ne tardèrent pas à arriver. Et, sans le moindre retard, nous prenons tous les quatre la direction de l'amphithéâtre du vieux docteur Denman, le prédécesseur de Jekyll dans cette maison. Je savais que cet itinéraire était le plus court pour atteindre le cabinet de Jekyll et le plus facile pour y pénétrer. La porte était solide, la serrure excellente. Le menuisier déclara que, s'il lui fallait employer la force, il rencontrerait des difficultés et ferait beaucoup de dégâts. Quant au serrurier, il semblait sur le point de renoncer. Mais c'était un homme habile et, après deux heures de travail, la porte fut ouverte. J'entrai le premier dans le cabinet et allai droit à la vitrine portant la lettre E. Cette vitrine n'était pas verrouillée. J'y pris le tiroir, le fis bourrer de paille et envelopper dans un drap. Après quoi, je l'emportai chez moi, à Cavendish Square.

Je me mis sur-le-champ à en examiner le contenu.

Les sachets étaient assez bien faits, mais avec moins de soin que les pharmaciens n'en apportent à ce genre de présentation. On voyait bien qu'ils étaient dus à Jekyll lui-même. J'ouvris l'un d'eux. J'y trouvai une simple poudre cristalline de couleur blanche. Ce fut ensuite le flacon qui retint mon attention. Il était à moitié plein d'un liquide rouge sang qui dégageait une odeur forte et me parut contenir du phosphore et quelque fluide volatil. Quant aux autres composants de ce liquide, je fus incapable de leur donner un nom. Le cahier était très banal. Je n'y vis presque rien d'autre qu'une liste de dates s'étendant sur de nombreuses années. Cette liste s'arrêtait brusquement un an auparavant. Çà et là, une brève remarque – en général le simple mot : double – s'ajoutait à la date. Ce mot se présentait six fois sur plusieurs centaines de dates. Une fois, une seule, presque au début de la liste, on pouvait lire, suivi de trois points d'exclamation rageurs : « Échec total !!! » Certes, tout cela aiguisait ma curiosité mais ne me disait rien de très précis. J'avais sous les yeux un liquide rouge assez mystérieux, des sachets contenant de la poudre et des notes relatives à des expériences manquées. À ma connaissance, il en était souvent ainsi quand Jekyll se lançait dans une recherche quelconque ! Comment la présence de ces objets dans ma maison risquait-elle d'affecter son honneur, sa raison et même sa vie ? Pourquoi son messager devait-il venir chez moi ? Ne pouvait-il se rendre à un autre endroit, frapper à une autre porte que la mienne ? Pourquoi, enfin, étais-je dans l'obligation de le recevoir secrètement ? Plus je réfléchissais, plus je me persuadais que Jekyll était fou. Je me décidai cependant à envoyer mes domestiques se coucher. Mais cela ne m'empêcha pas de charger un vieux revolver, pour le cas où il me faudrait me défendre.

Le douzième coup de minuit venait à peine de tinter, lorsque j'entendis retomber doucement, à plusieurs reprises, le marteau de la porte d'entrée. Je courus ouvrir et j'aperçus un homme de petite taille blotti contre l'un des piliers du porche.

« Vous venez de la part du docteur Jekyll ? » demandai-je.

D'un air gêné, il me répondit « oui » de la tête. Alors je le priai d'entrer. Mais, avant d'obtempérer, il plongea son regard dans la pénombre du square. À une cinquantaine de mètres, un policeman s'avançait en balançant une lanterne. Il me sembla que le visiteur tressaillait et se hâtait à cette vue.

Cette scène m'avait frappé assez désagréablement. Je suivis le visiteur en serrant dans ma poche la crosse de mon revolver. Lorsque nous fûmes dans la lumière brillante de mon cabinet, je pus l'observer à loisir. C'était certainement la première fois que je le voyais. Il était de petite taille, comme je l'ai déjà dit. Je fus stupéfait de son expression affreuse. Fait surprenant : il semblait en même temps fragile et très robuste. Enfin, j'éprouvais en sa présence un trouble bizarre : mon pouls s'affaiblissait, battait plus lentement, et je sentais comme un début de paralysie. Sur le moment, je mis ces symptômes sur le compte d'une aversion due à mon tempérament particulier. Depuis lors, j'ai acquis la conviction que la cause de ce phénomène ne se trouvait pas dans l'aspect extérieur de mon visiteur, mais dans son tréfonds, et qu'elle puisait son origine dans quelque chose de plus noble que la haine...

Cet individu qui, dès le premier moment, avait éveillé en moi ce que je ne puis appeler autrement qu'un intérêt plein de dégoût, était habillé d'une façon qui aurait ridiculisé toute autre personne. Ses vêtements, de bonne qualité et de couleur discrète, étaient bien trop grands pour lui. Le pantalon, qui pendait sur les jambes, avait été retroussé, sinon il aurait balayé le sol. La taille du veston descendait bien au-dessous des hanches et le col bâillait largement sur les épaules.

Mais cet accoutrement ne m'incitait guère à sourire. Certes, mon visiteur avait quelque chose d'anormal et de louche, quelque chose de singulier et de haïssable. Pourtant, ses invraisemblables vêtements semblaient lui convenir. Ils augmentaient sa singularité et l'attrait qu'il exerçait sur moi. De sorte qu'à l'intérêt que je portais déjà à son caractère et à sa nature profonde, s'ajoutait maintenant une curiosité pour tout ce qui avait trait à ses origines, à son existence, à sa fortune et à son rang dans la société.

Je viens de décrire un peu longuement cette scène. Elle fut pourtant brève : quelques secondes. Ce fut mon visiteur qui l'interrompit.

« L'avez-vous ? s'écria-t-il soudain avec un accent de sombre violence. L'avez-vous ? »

En même temps, il posait la main sur mon bras, et il m'aurait secoué si je ne l'avais repoussé en éprouvant à son contact un froid douloureux qui se glissa dans mes veines.

« Allons, monsieur, du calme, dis-je. Vous oubliez que je n'ai pas encore eu le plaisir de faire votre connaissance. Asseyez-vous, je vous prie. »

Et, lui donnant l'exemple, je m'assis dans mon fauteuil habituel. Je m'efforçais de le traiter avec simplicité et bonhomie, comme si je m'étais trouvé devant un malade ordinaire. Mais je ne recevais pas mes malades à une heure aussi tardive ! En outre, je ne parvenais pas à surmonter mon inquiétude et surtout l'aversion que ce monstre continuait de m'inspirer.

« Docteur Lanyon, répondit-il d'un ton assez courtois, je vous prie de m'excuser. Ce que vous venez de me dire est très juste. Mon impatience m'a fait oublier la politesse. C'est à la demande de votre confrère, le docteur Henry Jekyll, que je suis venu vous voir. Il s'agit d'une affaire qui sera vite réglée. Si j'ai bien compris... »

Il s'interrompit, porta la main à sa gorge, et j'observai que, malgré son calme apparent, il luttait contre la montée d'une crise de nerfs.

« ... si j'ai bien compris, répéta-t-il d'une voix bredouillante, il s'agit d'un tiroir... »

Un instant, j'eus presque pitié de lui, tandis que je sentais grandir encore ma curiosité.

« Il est là », dis-je.

En même temps, je montrai, toujours enveloppé dans le drap, le tiroir que j'avais posé sur le plancher, derrière une table.

Il bondit jusqu'à l'endroit que je lui indiquais. Là, il hésita, pressa avec force sa main droite sur son cœur. Ses mâchoires étaient si crispées qu'il me sembla entendre grincer ses dents. À ce moment, sa physionomie était plus horrible que jamais. Un dément... mais aussi un agonisant !

« Remettez-vous », lui dis-je.

Il se tourna vers moi en esquissant un épouvantable rictus[1]. Puis, avec une brutalité désespérée, il arracha le drap. À la vue du contenu du tiroir, il fit entendre un soupir de soulagement qui ressemblait à un énorme sanglot.

L'instant d'après, il s'était dominé. Et ce fut d'un ton presque égal qu'il me demanda :

« Avez-vous un verre gradué ? »

Non sans effort, je me levai et lui apportai ce qu'il demandait.

Il me remercia d'un signe de tête. Puis il versa dans le verre quelques gouttes du liquide rouge contenu dans le flacon et il y fit tomber une pincée de poudre. Le mélange, d'abord rougeâtre, devint plus clair à mesure que fondaient les cristaux. Il y eut un bouillonnement accompagné de vapeurs. Soudain, le bouillonnement cessa. Le liquide passa lentement d'un rouge très foncé à un vert assez pâle. Mon visiteur, qui avait observé ces transformations d'un œil attentif, posa le verre gradué sur la table et, pivotant sur ses talons, me refit face et me transperça du regard.

« Maintenant, dit-il, pour en finir, serez-vous sage ? Accepterez-vous que je vous donne un conseil ? Me permettrez-vous de prendre ce verre

---

1. Rire forcé.

et de partir sans exiger que je vous fournisse des éclaircissements, ou bien vous laisserez-vous dominer par votre curiosité ? Réfléchissez avant de répondre, car je ne discuterai pas, je ferai ce que vous voudrez. Quoi que vous décidiez, vous resterez ce que vous étiez auparavant : ni plus riche, ni plus sagace[1]. À moins qu'un service rendu à un homme en détresse puisse être compté comme une richesse de l'âme. Mais vous pouvez aussi choisir de tout savoir. Dans ce cas, à l'instant même, vous verrez s'ouvrir une nouvelle avenue de la science, de la puissance et de la gloire. Et vous serez ébloui d'un prodige assez extraordinaire pour réduire à néant le scepticisme[2] de Satan.

— Monsieur, fis-je en affectant un sang-froid qui me faisait complètement défaut, vous parlez par énigmes. Je ne vous cacherai pas que je vous écoute sans la moindre confiance. Mais j'ai déjà rendu trop de services inexplicables pour ne pas continuer à en rendre jusqu'à la conclusion de cette affaire.

— Parfait, approuva mon visiteur. Lanyon, vous vous souvenez du serment d'Hippocrate[3]... eh bien, ce qui suit relève du secret professionnel. Maintenant, regardez bien, vous qui, si longtemps, vous

1. Clairvoyant.
2. Refus d'admettre une chose sans examen.
3. Serment que prêtent les futurs médecins garantissant de préserver le secret médical.

êtes accroché au matérialisme[1] le plus étriqué, vous qui avez nié le pouvoir de la médecine hérétique ou, si vous préférez, anticonventionnelle, et qui avez souvent raillé des hommes qui vous étaient infiniment supérieurs ! »

Sur ces mots, il porta le verre gradué à ses lèvres et le vida d'une gorgée. Ensuite, il poussa un cri, chancela, se cramponna à la table pour ne pas tomber. Puis il s'immobilisa, haletant, bouche ouverte, les yeux injectés de sang. Tandis que je l'observais, il me sembla qu'il changeait, qu'il épaississait, grossissait, grandissait. Son visage était devenu presque noir, ses traits se modifiaient, s'altéraient... Terrifié, je fis un bond en arrière, me plaquai contre le mur, en levant un bras pour me protéger devant cette métamorphose !

« Mon Dieu ! » murmurai-je à plusieurs reprises.

En effet, à quelques pas de moi, se tenait Henry Jekyll. Il avait la pâleur d'un mort émergeant du tombeau et tâtonnait devant lui comme un aveugle.

Je ne puis me résoudre à consigner ce qu'il me raconta au cours de l'heure suivante. Je garde une blessure profonde de ce que j'ai vu et entendu. Aujourd'hui que les images commencent à s'estomper, je me demande si je n'ai pas traversé un cauchemar. Je me pose souvent la question et je ne puis

---

1. Doctrine qui soutient qu'il n'existe rien en dehors de la matière.

y répondre. Ma vie reste troublée. Le sommeil m'a quitté. À toute heure du jour et de la nuit, je suis assiégé par des terreurs sans nom. Je sens que ma fin est proche. Pourtant, jusqu'à mon dernier souffle, quelque chose en moi résistera. Bref, je mourrai incrédule. Je reste horrifié par les révélations de Jekyll, par son ignominie. Chaque fois que j'y songe, je ne puis m'empêcher de trembler.

Je n'ajouterai qu'un détail. Mais le croiras-tu, Utterson ? Ce détail est si monstrueux ! Le voici : de l'aveu même de Jekyll, l'affreux individu qui se glissa cette nuit-là dans ma maison n'était autre que le nommé Hyde, recherché activement partout pour le meurtre de Sir Danvers Carew !

HASTIE LANYON

10

Toute l'affaire par Henry Jekyll

Je suis né en 18... Riche, doué de belles facultés intellectuelles et assez travailleur, j'étais désireux d'obtenir l'estime des plus intelligents et des meilleurs parmi mes semblables. Je paraissais donc promis à un bel avenir. En réalité, j'avais des défauts. Le plus grave était une fringale impétueuse d'amusements, qui a fait le bonheur de beaucoup parmi mes camarades, mais que je trouvai bientôt difficile à concilier avec ma volonté de marcher partout la tête haute et de garder en public l'attitude d'un homme exceptionnellement sérieux.

Je fus donc obligé de cacher avec soin mes plaisirs. Quand j'atteignis l'âge de la réflexion, je commençai à jeter les yeux autour de moi. Non seulement je me rendis compte de mes progrès dans le monde, mais aussi de la duplicité[1] dans laquelle je vivais. Certains se seraient flattés des écarts dont je me rendais coupable. Mais en raison même de l'idéal que je m'étais fixé, je les considérais et dissimulais avec un sentiment de honte presque morbide. Ainsi c'est plus l'exigence de mes aspirations qu'une dégradation due à mes mauvais penchants, qui me faisait ce que j'étais, et séparait chez moi, plus profondément encore que chez la plupart, le bien et le mal qui composent la double nature de l'homme. Cette loi inflexible de la vie, qui est la source de la religion, m'inspira des réflexions profondes et renouvelées, car je constatai qu'elle était souvent la cause majeure de nombreuses détresses.

Tout en menant à fond ce double jeu, je ne me sentais nullement hypocrite car j'étais aussi sincère dans l'un et l'autre aspect de ma personnalité.

Je n'étais pas plus moi-même lorsque je rejetais la contrainte et plongeais dans la honte que lorsque je travaillais, sous les yeux de tout un chacun, au progrès de la science et à la guérison des maux dont souffrent les hommes.

Cependant, il se produisit un phénomène inattendu. Mes études scientifiques étaient en partie

1. Aspect double.

orientées vers la transcendance[1] et le mysticisme[2]. Ce furent elles qui, un soir, à ma table de travail, éclairèrent d'une vive lumière la conscience que j'avais d'être en permanence le champ de bataille de deux tendances.

Petit à petit, d'un mouvement irrésistible, les versants de mon intelligence, le moral et l'intellectuel, me rapprochèrent de cette vérité dont je ne fis pourtant que la découverte partielle, mais qui me condamna à un si terrible naufrage : que l'homme est toujours double. Aujourd'hui encore, c'est tout ce que je peux dire sur ce sujet. D'autres me relaieront, me dépasseront dans l'exploration de ce domaine. Et j'ose presque affirmer que, plus tard, on ira plus loin. On démontrera que l'homme est finalement une synthèse de nombreux individus, tous différents et indépendants les uns des autres.

Pour en revenir à moi-même, je ne progressais, étant donné mon genre de vie, que dans une seule direction. Ce fut par l'observation de mon « versant moral » que je fus conduit à admettre la dualité première et totale de l'espèce humaine. Quant aux deux natures qui se disputaient mon champ de conscience, si je pouvais indifféremment être reconnu comme appartenant à l'une ou à l'autre, c'est bien parce que fondamentalement les deux

1. Qui s'élève vers la connaissance.
2. Croyance fervente en une divinité.

étaient miennes. Dès le début, avant même que mes découvertes m'eussent suggéré la possibilité de ce qui m'apparut plus tard comme un miracle, je m'étais parfois complu, dans des moments de rêverie, à caresser l'idée d'une séparation possible entre les éléments constitutifs de mon être : le bien et le mal.

Dans mes méditations, je me disais à peu près ceci :

« Si chacun d'eux, me disais-je, pouvait s'abriter sous des identités distinctes, la vie serait débarrassée de tout ce qui nous paraît insupportable. Le méchant irait son chemin sans se préoccuper des aspirations et des remords du juste, son frère jumeau. Celui-ci poursuivrait sa montée ferme et sûre, multipliant les actes vertueux où il puise son plaisir et ne serait plus exposé à l'infamie[1], et à la pénitence, du fait de ce démon malfaisant qui ne lui est rien. C'était une malédiction pour l'humanité que ces deux “fagots” sans rapport aucun, liés ensemble et poursuivant une lutte incessante au sein d'une conscience torturée. Comment donc les dissocier ? »

Mon travail de laboratoire m'apporta une certaine lumière. Je commençai à discerner comme jamais encore que notre enveloppe corporelle, qui

1. Déshonneur.

paraît si résistante, si solide, était au contraire aussi fragile et éphémère qu'une simple écharpe de brume. Je découvris certaines substances qui avaient le pouvoir de nous débarrasser de notre vêtement de chair et de muscles, aussi facilement que le vent emporte la toile d'une tente...

Mais je n'irai pas plus loin. J'ai deux bonnes raisons de limiter, dans cette confession, tout ce qui est trop précisément scientifique. Première raison : j'ai appris à mes dépens que le fardeau de notre vie est lié à nos épaules et que, si nous tentons de le rejeter, il revient sur nous, plus lourd que jamais. Deuxième raison : mes découvertes sont incomplètes. La suite de mon récit, hélas ! le démontrera surabondamment. J'estime donc que les détails suivants devraient suffire à ceux qui me lisent.

Donc, je me persuadai que mon corps n'était que l'aura[1], le halo[2] si l'on préfère, ou encore un flot de lumière produit par certaines facultés de mon esprit. Je fus assez habile pour composer une drogue destinée à réduire le pouvoir de ces facultés. Ainsi, j'obtiendrais pour moi-même un autre aspect physique aussi naturel et normal que le premier, puisqu'il représenterait les plus bas instincts de mon âme et en porterait la marque visible.

---

1. Atmosphère qui entoure ou semble entourer le corps.
2. Éclat qui semble émaner de quelqu'un.

Longtemps, j'hésitai à passer de la théorie à la pratique. Je savais que je risquais la mort, car toute drogue assez puissante pour dominer mon identité et l'ébranler pouvait aussi bien, si la dose était trop forte, anéantir le sanctuaire abstrait que je voulais seulement modifier. Mais la tentation d'une découverte si singulière, si importante, me rendit sourd aux conseils de la prudence.

J'avais depuis longtemps terminé une première préparation. Je la complétai par une assez grande quantité d'une poudre que je fis acheter par l'un de mes domestiques chez des pharmaciens et qui, d'après mes déductions, devait être le dernier élément indispensable.

Certaine nuit que, depuis lors, je n'ai cessé de maudire, je mélangeai les divers éléments dans un verre. Je les regardai bouillir et fumer. Lorsque l'ébullition fut terminée, je rassemblai mon courage, et je vidai le verre d'un trait.

Immédiatement, je sentis une terrible douleur. On me broyait les os ! Une nausée abominable m'étouffait et mon âme était la proie d'une terreur comme on ne peut sans doute en éprouver qu'au premier jour de la vie ou au dernier. Cependant, cette souffrance fut brève et je revins à moi comme on sort d'une maladie grave. Il y avait dans mes sensations quelque chose d'étrange... et de délicieusement neuf ! J'étais plus jeune, plus léger, débordant d'allégresse physique. Une fraîche insouciance me montait à la tête, un flot d'images sensuelles courait dans mon imagination comme l'eau d'un moulin, je me voyais dégagé des contraintes. Jusqu'alors inconnue, la liberté de l'âme m'envahissait, mais non l'innocence...

Dès le début de cette existence nouvelle, je fus dix fois plus mauvais qu'auparavant. Je devins l'esclave de ma perversité native. Cette découverte, dont je ne tardai pas à m'apercevoir, me grisa. Tout à l'exaltation de ces sensations nouvelles, je tendis les mains, et ce faisant, je m'aperçus que j'avais rapetissé.

À cette époque, il n'y avait pas de miroir dans mon cabinet. La psyché qui est près de moi tandis que je trace ces lignes n'a été installée que plus tard à cet endroit, pour me permettre d'observer mes transformations.

La nuit, cependant, touchait à sa fin. Malgré l'obscurité, on devinait que le jour était proche. Chez moi, tout le monde dormait encore. Fier de mon succès et plein d'espoir dans l'avenir, je décidai de m'aventurer, sous mon nouvel aspect, jusqu'à ma chambre à coucher. Je traversai la cour où je crus que les étoiles me contemplaient avec étonnement. Malgré leur éternelle vigilance, n'était-ce pas la première fois qu'elles voyaient un être tel que moi ? Étranger à ma propre maison, je me glissai le long des corridors et, pénétrant dans ma chambre, je découvris enfin, dans ma psyché, l'aspect d'un nouveau venu en ce monde : Edward Hyde.

Je ne puis exprimer ici que des suppositions théoriques et non des certitudes. J'avais mis de côté mes qualités et donné forme humaine à mes défauts et à mes vices. Le résultat, tel qu'il se dessinait dans la psyché, était un homme à la silhouette rabougrie. L'effort, la vertu, le contrôle de soi avaient rempli les neuf dixièmes de mon existence. Edward Hyde n'avait pas subi les mêmes fatigues. De là, sa minceur, sa stature inférieure à la mienne et cette jeunesse qui m'avait fui depuis longtemps. Le bien brillait sur mon visage, tandis que le mal éclatait sur le sien... ce mal, qui pour moi reste la face cachée de l'homme, avait tordu ses membres et imprimé sur son corps tout entier le sceau[1] de la dégénérescence. Pourtant, quand je regardai dans le miroir sa vilaine image, je n'éprouvai aucune répugnance, mais plutôt un élan de sympathie. N'était-il pas une partie, peut-être l'exacte moitié de moi-même ? N'était-il pas lui aussi un homme, réel et bien

1. Marque.

vivant ? À mes yeux, il y avait dans ses traits plus d'animation que dans les miens, plus de vie et d'expression que dans ce visage imparfait que j'avais coutume de considérer comme ma propriété. Et, sur ce point, j'avais sûrement raison. En effet, plus tard, j'ai remarqué que, lorsque je me changeais en Edward Hyde, personne ne pouvait s'approcher de moi sans manifester de l'appréhension. Ce phénomène était dû, à mon avis, au fait que les êtres humains, dans leur majorité, sont pétris, selon des proportions variables, de malfaisance et de bonté. Or, seul parmi ses semblables, Edward Hyde représentait le mal à l'état pur.

Je restai encore un moment devant la psyché. J'avais une dernière expérience à tenter – la plus concluante. Il me restait à connaître si j'avais perdu à jamais mon identité et s'il me fallait fuir, avant le jour, une demeure qui n'était plus la mienne. En hâte, je regagnai mon cabinet. De nouveau, je préparai le même breuvage et vidai le verre jusqu'à la dernière goutte. Pour la deuxième fois, je souffris les affres[1] de la mort... puis je me retrouvai avec mon caractère, ma stature, le visage d'Henry Jekyll, bref avec mon identité de toujours.

Cette nuit-là, j'avais atteint une fatale croisée de chemins. Si j'avais considéré mon invention avec un

---

1. Tourments.

esprit plus noble et si j'avais risqué cette expérience sous l'empire d'aspirations pieuses ou généreuses, tout aurait pu être différent. J'aurais émergé de mes souffrances sous l'aspect d'un ange et non sous celui d'un démon. Mais ma drogue ne choisissait pas. Elle n'était ni diabolique ni sainte, elle se contentait de briser les barreaux de ma prison et de me libérer comme les captifs de Philippi faisant soudain irruption au dehors. À l'époque, ma vertu était en sommeil et l'esprit du mal aiguillonné par l'ambition était prêt à saisir l'occasion. C'est Edward Hyde qui en sortit. J'étais maintenant deux personnages en un seul, l'un voué irrémédiablement au mal ; l'autre – l'ancien Henry Jekyll – probablement irrécupérable.

Ainsi, d'un mouvement irrésistible, je marchais vers l'abîme[1]. Je n'avais jamais, malgré le temps, surmonté mon aversion pour la rigueur d'une vie d'étude. Il m'arrivait encore de penser à l'amusement et j'allais vers des plaisirs de bas étage (c'est le moins qu'on puisse dire). Étant donné mon âge, ma position, la considération dont je jouissais, l'incohérence de ma vie devenait chaque jour plus gênante. Voilà comment mon nouveau pouvoir me réduisit en esclavage. Il me suffisait de boire la coupe pour changer de personnalité à volonté

1. Gouffre sans fond.

comme on change de manteau. Cette situation me parut plaisante et même non dépourvue d'humour. Je fis mes préparatifs avec le plus grand soin.

C'est à cette époque que j'achetai et meublai la maison de Soho où, plus tard, la police tenta de capturer Edward Hyde. J'engageai comme gardienne une femme que je savais discrète et dépourvue de tout scrupule. D'autre part, je prévins mes domestiques qu'un certain M. Hyde, que je leur décrivis, devait être considéré par eux comme un familier de ma demeure personnelle, et qu'il leur faudrait le laisser entrer et sortir à sa guise. Puis, pour être bien sûr qu'ils m'avaient compris, et pour m'épargner de graves désagréments, je fis une expérience : je me présentai sans retard à leurs yeux sous ma deuxième forme. Je rédigeai ensuite le testament qui, mon cher Utterson, a soulevé tant d'objections de ta part. Ce testament n'avait qu'un but : si quelque chose m'arrivait sous l'aspect du docteur Jekyll, je pouvais me réfugier sous un autre, celui de Hyde... et ne rien perdre de ma fortune. En somme, je testai en ma propre faveur !

Et, ainsi protégé de tous côtés (du moins je le croyais) je commençai à profiter des privilèges surprenants que je devais à ma situation.

Jadis, on chargeait des spadassins[1] de besognes

1. Assassins qui exécutaient leur “contrat” avec une épée.

criminelles qu'on dédaignait d'accomplir soi-même. Ces spadassins permettaient à ceux qui ordonnaient et payaient de rester dans l'ombre et de garder intacte leur réputation. Je fus peut-être le premier homme à agir de la sorte non par vengeance mais pour son plaisir. Le premier aussi à me mêler au public et à lui présenter une flatteuse et rayonnante respectabilité... que, tout de suite après, je m'empressais de dépouiller pour me plonger, preste[1] comme un écolier, dans une liberté totale. Et de quelle sécurité je jouissais ! Penses-y, Utterson : je n'existais même pas ! Il me suffisait de franchir le seuil de mon laboratoire, d'avaler le breuvage que je tenais toujours prêt... et, quoiqu'il ait fait, Edward Hyde disparaissait comme la buée sur une glace. À sa place, le docteur Henry Jekyll préparait sa lampe pour passer la soirée tranquillement, assis à son bureau. Les soupçons, s'il m'arrivait d'en inspirer, je pouvais vraiment me permettre d'en rire ! Un homme tranquille au-dessus de tout soupçon.

Edward Hyde était foncièrement méchant. Les plaisirs que je recherchais sous mon masque manquaient – et le terme est bien faible – de dignité. Lorsque Hyde les pratiqua, ils ne tardèrent pas à devenir monstrueux. Quand je revenais d'une de

1. Rapide.

mes expéditions, j'étais atterré en songeant à ce que j'appelais « ma » dépravation[1]. Hyde ne pensait qu'à lui-même. Il torturait ses victimes avec une avidité bestiale. Impitoyable et féroce, il possédait à peu près autant de sensibilité qu'une statue. Les actes qu'il accomplissait me terrifiaient. Mais notre situation, du fait qu'elle échappait aux lois ordinaires, pesait d'un poids assez léger sur ma conscience. Après tout, il n'y avait qu'un coupable : Edward Hyde. Jekyll, lui, restait le même, ni meilleur ni pire qu'auparavant. Au moment où il croyait les avoir perdues, il retrouvait intactes ses qualités. Chaque fois que cela lui était possible, il se hâtait même de réparer les méfaits de son associé. Après quoi, sa conscience retombait dans une douce somnolence.

Je me garderai bien d'énumérer les infamies auxquelles je fus mêlé – ce qui est une façon de parler, car aujourd'hui encore, j'hésite à reconnaître y avoir joué un rôle actif. Je veux seulement indiquer les signes qui, depuis quelques mois, annoncent mon châtiment. Là aussi, je n'ai pas l'intention de procéder à une énumération méthodique. Je me contenterai d'un exemple : il m'est arrivé de commettre un acte de brutalité sur la personne d'un enfant, une petite fille. En agissant ainsi, je m'atti-

1. Débauche.

rai la colère d'un passant. Or, l'autre jour, j'ai identifié ce passant : il s'agit, mon cher Utterson, de M. Enfield, ton cousin éloigné. Le médecin et la famille de l'enfant se joignirent à lui, et je crus qu'ils allaient me faire un mauvais parti. Enfin, pour les calmer, Hyde les amena jusqu'à la porte de sa maison de Soho, et il leur remit un chèque signé par Henry Jekyll. Il y avait là un danger pour l'avenir. Mais ce danger fut facilement éliminé. Il me suffit pour cela d'ouvrir un compte dans une autre banque, au nom d'Edward Hyde. Pour ouvrir ce compte j'avais pourvu mon double d'une signature en écriture renversée. Je croyais avoir pris en l'occurrence assez de précautions pour être à l'abri des caprices du destin.

Environ deux mois avant le meurtre de Sir Danvers Carew, je sortis un soir pour une expédition nocturne. Je ne rentrai qu'à une heure tardive. Le lendemain matin, quand je m'éveillai, j'éprouvai une sensation bizarre. Je regardai autour de moi. C'étaient bien là mes meubles confortables, mon lit d'acajou, ma vaste chambre... Et, pourtant, je ne reconnaissais rien, je n'avais pas l'impression d'être où j'aurais dû me trouver, mais dans la petite maison du quartier de Soho lorsque j'y vivais sous l'apparence d'Edward Hyde. Je ne pus m'empêcher de sourire et, avec ma manie d'investigation psychologique, je me mis à scruter l'illusion dont j'étais le jouet, à tenter d'en rassembler les éléments. Mais j'accomplissais cette recherche avec trop de mollesse. Il m'arriva même de me rendormir, pour la reprendre quelques minutes plus tard. Ce fut dans l'un de ces moments de lucidité que mon regard tomba sur ma main droite. Tu as quelquefois remarqué, mon cher Utterson, que mes mains sont bien celles d'un médecin et d'un chirurgien : grandes, robustes, très blanches et bien modelées. Mais la main droite que je venais de découvrir, dans la lumière jaunâtre d'un matin londonien, à demi crispée sur mon drap, était maigre, sèche, noueuse, d'une pâleur bistrée[1], et couverte d'épais poils noirs. C'était la main d'Edward Hyde.

J'ai dû rester les yeux fixés sur elle pendant presque une minute. Puis, aussi fracassante qu'un bruit de cymbales, l'épouvante fit place en moi à la stupeur. Je bondis de mon lit, allai me planter devant la psyché. Ce que je vis glaça mon sang d'une terreur exquise. À mon coucher, j'étais Henry Jekyll. Je m'éveillai Edward Hyde ! Comment expliquer ce phénomène ? me demandai-je. Et comment y remédier ? Déjà, la matinée s'avançait. Les domestiques étaient levés depuis longtemps. Mes drogues se trouvaient dans mon cabinet. Or, de la chambre au cabinet, le trajet était long. Il fallait descendre

1. Qui est de couleur brune, noirâtre.

deux escaliers, longer le couloir de derrière, traverser la cour, aller jusqu'au bout de l'amphithéâtre. J'aurais pu me cacher la figure. Mais à quoi bon puisque je ne pouvais retrouver ma vraie stature[1] ?

Je me souvins alors, avec un immense soulagement, que les domestiques étaient habitués aux allées et venues de mon double. Rapidement, je m'habillai... aussi bien que possible, car je n'avais sous la main que des vêtements à ma taille. Dès que je fus prêt, je quittai la chambre, descendis le premier escalier. En chemin, je croisai Bradshaw, mon valet de pied. Il s'arrêta, surpris de voir M. Hyde à une heure aussi matinale et surtout dans un tel accoutrement.

Dix minutes plus tard, le docteur Jekyll avait retrouvé son aspect habituel et s'asseyait, le front soucieux, pour prendre son petit déjeuner.

Mais je n'avais pas le moindre appétit. Je ne trouvais aucune explication à l'incident qui venait de se produire... sinon que toutes mes expériences semblaient annulées. J'avais l'impression qu'une main invisible avait déjà tracé ma condamnation sur un mur, comme il est dit dans la Bible au sujet du dernier festin de Balthazar[2]. Je me mis alors à méditer

1. Taille.

2. Roi de Babylone qui, après s'être fait apporter les vases sacrés volés au Temple de Jérusalem, vit une main tracer sur le mur des caractères mystérieux. Daniel lui annonça qu'il allait être renversé, ce qui se produisit le soir même.

sur les conséquences de ma double existence. J'avais acquis le pouvoir de projeter hors de moi-même une partie de ma personnalité. Faible au début, cette partie s'était graduellement fortifiée. Depuis peu – mais c'était peut-être une illusion – Edward Hyde avait grandi. On le devinait plus solide, moins exsangue[1]. Il y avait là un danger. Si ce phénomène de croissance se prolongeait, je risquais d'être privé petit à petit du pouvoir de changer de nature à volonté et, un jour, entre Hyde et moi, il n'y aurait plus de différence. Son caractère se confondrait à jamais avec le mien. J'avais inventé une drogue dont les effets n'étaient pas toujours réguliers. Lors de l'un de mes premiers essais, elle n'avait donné aucun résultat. Ensuite, j'avais dû souvent doubler la dose. Un jour même, au risque de me tuer, je l'avais triplée. Ces échecs avaient parfois jeté une ombre sur l'optimisme et la satisfaction aveugles dans lesquels je vivais.

Maintenant, après l'incident qui avait suivi mon réveil, j'en arrivais à cette conclusion :

« Au début, j'avais du mal à me dépouiller de moi-même, à me séparer de ma personnalité. Aujourd'hui, c'est le contraire qui se produit. Je reste, plus longtemps que je ne le voudrais, imprégné par la personnalité d'Edward Hyde. J'ai des dif-

1. Qui a perdu beaucoup de sang.

ficultés croissantes à m'en séparer. Qu'en faut-il conclure ? Je perds lentement, semble-t-il, la maîtrise de mon moi initial, le meilleur, et je me laisse dominer par mon autre moi, le cruel, le nuisible.

Entre ces deux moitiés d'une seule personnalité, il allait me falloir choisir. Si elles avaient en commun la mémoire, elles ne se partageaient mes autres facultés que de façon très inégale. Jekyll, qui était un alliage[1], se joignait aux aventures et aux plaisirs de Hyde, mais tantôt avec crainte, tantôt avec empressement. Hyde, lui, n'avait que froideur pour Jekyll. Quand il se souvenait de lui, c'était un peu comme le brigand des montagnes se souvient de la caverne où il se sait à l'abri de ceux qui le poursuivent. Jekyll nourrissait pour Hyde un intérêt plus vif que celui d'un père pour son enfant, tandis que Hyde vouait à Jekyll une indifférence encore plus faible que celle d'un fils pour son père.

M'enfermer dans le seul personnage de Jekyll, c'était renoncer à certains plaisirs plus ou moins avouables dont je rêvais depuis longtemps et que je commençais seulement à savourer. Me confondre avec Hyde, c'était abandonner bien des choses, des ambitions et des rêves, et devenir un homme méprisé, sans amis, la balance risquait d'être inégale. Il y avait encore un autre point à considé-

1. Combinaison de différents éléments.

rer : pendant que Jekyll souffrirait de toutes les privations, Hyde n'en aurait même pas conscience ! Dans de telles circonstances, la conclusion du débat est classique, ce sont bien les mêmes incitations, les mêmes alarmes qui décident du sort des pécheurs. Il en fut de moi comme de presque tous mes semblables lorsqu'ils se trouvent placés devant un problème de ce genre : je choisis la meilleure part... et je manquai de force pour la garder.

Oui, je préférai le médecin vieillissant et morose, entouré d'amis et ne caressant que d'honnêtes espérances. Je dis adieu à ma liberté, à une jeunesse qui n'était pourtant plus la mienne, au pas rapide et léger, au pouls vigoureux, et aux plaisirs secrets que j'avais goûtés quand je vivais sous le déguisement d'Edward Hyde.

Je fis ce choix, certes. Mais ce fut peut-être avec une arrière-pensée plus ou moins calculée. En effet, je gardai la maison de Soho et je ne détruisis pas les vêtements d'Edward Hyde. Ils sont toujours dans mon cabinet. Cependant, durant deux mois, je restai fidèle à ma résolution. Je menai une vie d'une austérité exemplaire. En échange de quoi, je fus chaleureusement approuvé par ma conscience.

Mais le temps effaça peu à peu mes bonnes résolutions et les craintes qui les avaient inspirées.

L'approbation de la meilleure partie de moi-même me parut naturelle et fade. Je fus torturé par des angoisses, comme si Hyde luttait en moi pour me reconquérir. Enfin, dans une heure de faiblesse, je composai de nouveau le breuvage auquel je devais mes transformations.

Quand un ivrogne pense à son vice, se rend-il compte des dangers auxquels il s'expose ? Je ne le crois pas. Du moins, cela ne se produit que bien rarement. Moi aussi, lorsque je songeais naguère à ma situation, je n'avais pas tenu compte du penchant à la malfaisance et de l'insensibilité devant la morale qui caractérisaient Edward Hyde. Or, ce fut de ces deux traits essentiels que je reçus ma punition, mon démon était resté trop longtemps en cage, il en sortit plus déchaîné que jamais. Ainsi, dès que j'eus avalé le breuvage, je sentis se réveiller en moi une puissante tendance au mal. De là vient, je le suppose, l'impatience si visible avec laquelle j'ai écouté les politesses de ma malheureuse victime. Je le déclare solennellement : aucun homme sain d'esprit ne se serait rendu coupable de ce crime que rien ne justifiait. J'ai frappé sans plus de raison qu'un enfant malade brisant un jouet. Mais, de longue date, je m'étais dépouillé de ces freins intérieurs que nous possédons tous et qui incitent les pires d'entre nous à ne se déplacer parmi les tentations que d'un pas prudent. Et, dans mon cas, céder à une seule tentation, c'était me condamner au mal.

Sur-le-champ, l'enfer se réveilla en moi et fit rage. Avec une joie diabolique, je frappai ce vieil homme, ce pitoyable adversaire qui ne m'opposait aucune résistance. À chaque coup, j'éprouvais un plaisir plus grand. Puis, quand la fatigue commença à se faire sentir, je crus soudain que mon cœur allait cesser de battre. Une brume se déchira. J'eus une notion presque exacte de l'acte affreux que j'accomplissais. J'aperçus, dans un éclair, toute mon existence saccagée et je m'enfuis, à la fois terrifié et immensément satisfait de moi-même. Mon appétit devant le mal était en même temps satisfait et stimulé, et mon amour de la vie porté à son plus haut degré. Je courus à la maison de Soho et, pour plus de sûreté, je brûlai mes papiers. De là, je repartis à travers les rues éclairées, sans chercher à me cacher. J'étais partagé entre des sentiments nettement opposés. D'une part, je me réjouissais de mon crime et, insouciant, j'en imaginais déjà de plus extraordinaires. De l'autre, il m'arrivait de me hâter, de tendre l'oreille ou de me retourner pour m'assurer que je n'étais pas suivi par les vengeurs de ma victime.

Cette victime à la santé de laquelle Hyde (moi-même si l'on préfère) but peu après très joyeusement, en avalant le fameux breuvage ! Mais les souffrances de la transformation n'avaient pas fini de me torturer qu'Henry Jekyll (moi-même toujours) se jetait à genoux et levait les mains au ciel, le visage noyé de larmes de gratitude et de remords. Jusque-là, j'avais eu pour moi-même une indulgence inépuisable. Mais, maintenant, le voile se déchirait. Ma vie se déroulait tout entière sous mes yeux, comme un immense panorama[1]. Un souvenir me tourmentait : mon père me prenait par la main, m'emmenait en promenade. Puis je me revoyais exerçant ma profession avec une abnégation[2] et un sérieux constants. Cependant, je revenais toujours, comme dans les cauchemars, à l'acte terrifiant que j'avais accompli si peu de temps auparavant. Avec des supplications, des sanglots et des cris, j'essayais de repousser les hideuses images et d'étouffer les sons qui m'obsédaient. Mais rien n'y faisait. Mon forfait reparaissait dans ses moindres détails.

Enfin, le remords diminua, devint moins aigu. Un sentiment de joie lui succéda. Le problème de mon existence était résolu, ma conduite dorénavant toute tracée. Plus d'Edward Hyde, même si je l'avais souhaité. J'étais désormais prisonnier, mais du meilleur de mon être. Cette découverte me ravit. Et ce fut avec une parfaite humilité que j'acceptai les difficultés et les sacrifices d'une vie normale.

1. Vaste paysage.
2. Sacrifice volontaire de soi-même.

Avec quelle sincérité dans le renoncement je verrouillai la porte par laquelle je m'étais si souvent évadé de ma maison pour courir à mes plaisirs ! J'allai même jusqu'à en briser la clef à coups de talon.

Le lendemain, j'appris que le crime avait été découvert, que la rumeur publique et la presse accusaient Edward Hyde et que la victime était un homme très estimé dans toutes les classes de la société. Ce n'était pas seulement un crime, disait-on, c'était une folie tragique. Je fus satisfait d'apprendre ce jugement. Il me renforçait dans mes meilleures décisions. Il faisait briller sans cesse devant mes yeux la terreur de l'échafaud. Henry Jekyll était maintenant mon protecteur, mon refuge le plus sûr. Si Hyde osait encore paraître au grand jour, on se saisirait de lui sur-le-champ, on le pendrait jusqu'à ce que mort s'ensuive.

Je résolus, par une conduite irréprochable, de racheter mon passé. Je puis affirmer, sans crainte d'être démenti, que cette résolution produisit quelque bien. Tu sais toi-même, Utterson, avec quelle ardeur, à la fin de l'année dernière, j'ai travaillé à soulager des infortunes et des souffrances. Tu sais que j'ai fait beaucoup pour les autres. J'avais presque retrouvé le bonheur. Je n'étais en aucune façon fatigué d'une vie où l'innocence rivalisait avec les bienfaits. Au contraire, je crois que j'étais chaque jour plus heureux. Mais quelque chose en moi subsistait : ma dualité. Dès qu'il sentit que mes bonnes intentions s'émoussaient et que je commençais à vaciller, mon mauvais moi, que je croyais dompté, redressa la tête et réclama sa liberté. Il n'était pas question de ressusciter Edward Hyde. Cette seule idée me faisait trembler de peur. Non, ce fut sous mon enveloppe habituelle que je me sentis tenté, une fois de plus, de duper ma conscience. Et, avec l'hypocrisie du pécheur faussement repenti, je succombai sous les assauts répétés de la tentation.

Toute chose a une fin. Il n'est pas de mesure si vaste qu'elle ne s'emplisse. Je faisais une concession à ma perversité. Elle fut brève, et pourtant elle suffit à détruire l'équilibre de mon âme. Je ne m'alarmai pas quand se produisit la chute. Elle me paraissait naturelle, de même que ce retour à un passé que je croyais avoir aboli.

Cette chute eut lieu par une claire et belle journée de janvier. Sous mes pas, le sol était humide, car le gel avait fondu. Mais, dans le ciel, pas un nuage. Regent's Park était plein d'odeurs annonçant le printemps et résonnait de ces chants que les oiseaux font entendre surtout en hiver. Je m'assis près de l'entrée du parc, sur un banc. Dans mon for intérieur, la partie bestiale de moi-même se réjouissait bruyamment à l'évocation de mes méfaits. L'autre partie, la spirituelle, semblait un peu assoupie.

Cependant, j'avais l'impression de l'entendre me promettre, sans plus de précision et dans un avenir qui restait vague, une nouvelle crise de repentir, une nouvelle tentative de rachat. « Après tout, me disais-je, je suis comme tout le monde, ni meilleur ni plus méchant que les autres. » Et, avec complaisance, je comparais la bonne volonté dont j'avais donné tant de preuves à l'indifférence et à la cruauté nonchalante de mes semblables.

De cette comparaison, je tirais évidemment une satisfaction de vanité fort agréable. C'est alors que, tout à coup, en pleine méditation, je fus pris d'un malaise : une nausée violente, suivie d'un frisson qui me secoua violemment et dont je crus mourir. Ce malaise dissipé, je restai immobile, comme anéanti. Un peu plus tard, lorsque j'eus retrouvé un peu de force, je constatai que mes pensées s'étaient modifiées. Elles étaient plus hardies. Elles voulaient ignorer le danger et me prêchaient le mépris de tous les devoirs. Baissant les yeux, je vis que mes vêtements pendaient informes sur mes membres amaigris. Quant à la main posée sur mon genou, elle était redevenue maigre, noueuse et velue. J'étais redevenu Edward Hyde. Un moment auparavant, j'avais la certitude d'être riche, aimé, respecté de tous les hommes. Chaque soir, on dressait un couvert pour moi seul dans la salle à manger de ma demeure. Maintenant, j'étais de nouveau un gibier pour mes semblables, un assassin traqué, sans feu ni lieu, et promis à la potence !

Ma raison vacilla, mais ne m'abandonna pas entièrement. J'avais plus d'une fois remarqué que, dans ma seconde nature, mon esprit était plus souple, mes facultés plus affinées. Ainsi, là où Henry Jekyll aurait peut-être succombé, Edward Hyde se montra à la hauteur des circonstances. Mes drogues se trouvaient dans une vitrine de mon cabinet. Comment les atteindre ? Pressant mon front dans mes mains, je mis tout en œuvre pour résoudre ce problème. J'avais verrouillé la porte de l'amphithéâtre. Si je tentais de gagner mon cabinet en passant par l'intérieur de la maison, mes propres domestiques m'enverraient à la potence ! Je ne vis plus qu'un moyen : solliciter l'aide de Lanyon. Mais comment l'atteindre ? Comment le persuader ? En supposant que j'échappe à une capture dans la rue, comment me frayer un chemin jusqu'à lui ? Et comment, visiteur inconnu et d'aspect repoussant, persuader ce médecin célèbre de dévaliser le cabinet d'un confrère, le docteur Jekyll ?

Je me souvins alors qu'il me restait tout de même quelque chose de mon premier personnage : mon écriture. Cette découverte me réconforta. Je savais, maintenant, ce qu'il me restait à faire.

J'arrangeai mes vêtements du mieux que je pus, afin de leur donner une sorte de respectabilité. Puis je priai un cocher de fiacre de me conduire à un hôtel particulier de Portland Street dont le nom m'était revenu par hasard. À la vue de mon aspect extérieur (assez comique en effet, bien qu'il dissimulât une situation tragique), le cocher ne put s'empêcher de rire. Moi, furieux, je grinçai des dents. Cela suffit à lui rendre son sérieux. Heureusement pour lui ! S'il avait ri une seconde de plus, je l'arrachais à son siège et je le rossais[1]. Lorsque j'entrai dans l'hôtel particulier, je pris une mine si terrible que tous les domestiques tremblèrent. En ma présence, ils n'osèrent pas échanger un seul regard. Ils se contentèrent de m'obéir avec obséquiosité, me conduisirent dans un salon particulier et, à ma demande, m'apportèrent de quoi écrire. Hyde, en danger de mort, était une nouveauté pour moi. J'étais secoué d'une colère exceptionnelle, prêt à tuer, du moins à faire souffrir. Mais Hyde gardait ses ruses, savait parfaitement, grâce à un puissant effort de volonté, refouler sa colère. Cela lui permit de rédiger deux lettres importantes, l'une au docteur Lanyon, l'autre à Poole. Et, pour être sûr qu'elles seraient acheminées et remises à leurs destinataires, il exigea qu'elles fussent recommandées.

1. Battre violemment.

Cette besogne accomplie, il resta toute la journée assis au coin de la cheminée, ne faisant rien d'autre que de se ronger les ongles. Le soir venu, il dîna seul avec ses peurs, servi par un domestique qui ne pouvait maîtriser un tremblement. La nuit tombée, il sortit, s'installa au fond d'un fiacre fermé et se fit conduire çà et là, dans plusieurs quartiers de la ville. Je continue à écrire « il ». Employer la première personne me semble décidément impossible. Ce Hyde était un démon. Il n'y avait rien d'humain en lui, rien de vivant, sauf la terreur et la haine ! Lorsqu'il estima que le cocher commençait peut-être à avoir des soupçons, il renvoya le fiacre et s'aventura à pied. Comme il l'avait prévu, ses vêtements mal ajustés l'exposaient aux regards des passants. Mais il écumait de rage impuissante. Il pressa le pas. Il parlait tout seul en se faufilant dans les rues et les ruelles qu'il choisissait parmi les moins fréquentées, et en comptant les minutes qui le séparaient encore de minuit. Une femme l'arrêta au passage et lui proposa de lui vendre, si j'ai bonne mémoire, une boîte d'allumettes. Il la gifla. Elle s'enfuit. Ensuite...

Quand je revins à moi, j'étais chez Lanyon. Je crois que la frayeur manifestée par mon vieux camarade m'émut quelque peu. Mais je n'en suis pas absolument certain. D'ailleurs, qu'était cette petite frayeur comparée à l'atmosphère d'épouvante dans laquelle je venais de vivre de longues heures ? Je m'aperçus qu'un changement s'opérait : je ne redoutais presque plus la potence[1]. C'était le souvenir hideux d'Edward Hyde qui me torturait. Je reçus les reproches de Lanyon comme dans un rêve et ce fut dans un rêve aussi que je regagnai mon domicile et que je me couchai.

Je dormis d'un sommeil si profond que plusieurs cauchemars ne parvinrent pas à l'interrompre. Au matin, lorsque je m'éveillai, j'étais faible, endolori, et pourtant bien différent de la veille. La haine me brûlait toujours, et je continuais à redouter la brute, le criminel tapi au fond de mon être. Naturellement, je n'avais rien oublié des dangers auxquels j'avais été exposé le jour précédent. Mais, Dieu merci, j'étais revenu chez moi, dans ma maison. Je retrouvais mes drogues à portée de la main. Ô merveille, j'étais délivré ! À cette idée, j'éprouvais un sentiment qui prenait presque les couleurs de l'espoir.

Après le petit déjeuner, je fis quelques pas dans la cour de derrière et humai avec délectation l'air frais du matin. Au beau milieu de ce plaisir, je perçus les signes indescriptibles, avant-coureurs d'un nouveau changement. Et je n'eus que le temps de courir me réfugier dans mon cabinet. Sinon, j'aurais été une fois de plus la proie de ces passions diabo-

1. Instrument de pendaison.

liques qui composaient la personnalité d'Edward Hyde. Pour redevenir moi-même, je dus prendre une double dose de mon breuvage. Mais, six heures plus tard, comme j'étais assis devant ma cheminée et que je suivais le jeu des flammes d'un regard mélancolique, les douleurs reparurent. Je dus vider en hâte un autre verre.

À partir de ce jour, ce fut seulement par un effort de volonté, comme ceux qu'on accomplit dans certains sports, que je pus garder l'aspect du docteur Jekyll. Le frisson prémonitoire se manifestait à toute heure du jour et de la nuit et, de préférence, quand je dormais ou lorsque je somnolais dans mon fauteuil. À mon réveil, j'avais invariablement repris la forme d'Edward Hyde. La menace constante d'un destin fatal, l'absence de sommeil à laquelle je me condamnais, faisait de moi un homme rongé par la fièvre, affaibli dans son esprit et dans son corps, et obsédé par une seule pensée : l'horreur de mon double, cet autre moi-même. Dans le sommeil, ou lorsque le pouvoir de la drogue disparaissait, je me trouvais (car les souffrances de la transformation étaient chaque jour moins fortes) à la merci d'une imagination pleine d'images effrayantes, d'une âme où flambaient des haines sans cause et d'un corps qui ne semblait pourtant pas assez robuste pour contenir tant d'élans vitaux déchaînés. La frénésie de Hyde semblait avoir grandi en même temps que l'état maladif de Jekyll. La haine qui les divisait paraissait maintenant égale de chaque côté.

Pour Jekyll, un problème était capital : survivre. Il connaissait la difformité de l'être qui partageait avec lui quelques-uns des phénomènes de la conscience, et qui était son associé jusqu'à la mort. L'évocation de ces liens ne manquait jamais d'aggraver sa détresse. Hyde, bien qu'il agît presque toujours en homme, lui apparaissait surtout comme un fantôme remontant des Enfers. Il était choqué, lorsqu'il constatait que cette « fange de l'abîme », comme il le qualifiait en son for intérieur, fut capable de lancer des cris et des paroles, que cette « poignée de poussière » pût gesticuler et commettre des péchés, bref que cet « inexistant » osât empiéter sur toutes les fonctions propres à la vie. Il se révoltait aussi à la pensée qu'Edward Hyde se cramponnait à lui comme une épouse. Dans ses moments de faiblesse, il l'entendait, du plus profond de lui-même, grommeler en multipliant les efforts pour se libérer, pour renaître. Parfois aussi, surtout dans l'abandon du sommeil, il avait l'impression que Hyde cherchait à le chasser du monde des vivants.

La haine de Hyde pour Jekyll était d'un genre particulier. En tout cas, elle ne ressemblait pas à celle de Jekyll. La terreur de la potence incitait Hyde à commettre souvent une sorte de suicide temporaire, à accepter de redevenir un subordonné, ou plus justement, la moitié d'une personnalité. Cette contrainte attisait sa fureur. Il détestait l'abattement où Jekyll semblait glisser de plus en plus et s'irritait du mépris avec lequel celui-ci le considérait. De là, les mauvais tours qu'il me jouait. De ma main, il griffonnait des blasphèmes[1] sur les pages de mes livres. Il brûlait certaines de mes lettres. Un jour, il détruisit un portrait de mon père. S'il n'avait pas eu si grand-peur de la mort, il y a longtemps qu'il se serait tué, ne fût-ce que pour m'entraîner dans son propre anéantissement.

Mais il adore la vie. Il lui porte même un amour qui me stupéfie. Moi qui ne puis l'imaginer sans un malaise et sans me sentir glacé, quand j'évoque cet attachement abject et passionné, quand je sais combien il redoute mon pouvoir de le supprimer par un commun suicide, je trouve en mon cœur un peu de pitié pour lui.

Il est inutile (d'ailleurs, le temps me manque terriblement) de prolonger ce récit. J'ai trop souffert pour développer encore certains détails. Comme

---

1. Paroles qui insultent la religion.

toujours dans ce genre d'affaires, l'habitude a joué ici un rôle important. Si elle n'allégeait pas mes souffrances, elle m'endurcissait, elle me permettait de les mieux supporter. À la longue, le désespoir procure parfois l'acceptation. Ma punition aurait pu durer des années, sans l'ultime catastrophe qui m'accable maintenant et qui m'a séparé à jamais de mon aspect physique et des traits qui formaient ma personnalité. Ma provision de poudre, qui n'avait pas été renouvelée depuis ma première expérience, commençait à baisser. J'en envoyai chercher une petite quantité et je préparai le mélange. Il y eut ébullition, mais un seul changement de coloration. J'avalai tout de même le breuvage. Il fut sans efficacité. Mon cher Utterson, tu apprendras par Poole comment je l'ai envoyé aux quatre coins de Londres. Ses démarches auprès d'une vingtaine de pharmaciens ne servirent à rien. Je suis maintenant persuadé que la poudre de mon premier achat était impure, et que, très probablement, elle tenait son pouvoir de cette impureté dont l'origine restera inconnue.

Une semaine environ s'est écoulée, et je termine mon récit sous l'influence de la dernière pincée de poudre. C'est donc aussi la dernière fois qu'Henry Jekyll, à moins d'un miracle, peut penser par lui-même et contempler dans la psyché son propre visage, aujourd'hui changé et bien triste ! Il me faut terminer ces pages sans attendre car il m'a fallu beaucoup de prudence et de chance pour les soustraire à la destruction.

Si les affres de la mutation me saisissaient dans le moment où j'écris, Hyde déchirerait mes papiers, mais s'ils peuvent rester cachés un certain temps, ils lui échapperont car il est égoïste, indifférent, léger et ne s'intéresse qu'au présent. Certes, il n'ignore rien du destin qui va être le nôtre. Il en est accablé. Dans trente minutes environ, quand je serai à jamais soumis à sa personnalité, malgré la haine qu'elle n'a cessé de m'inspirer, je sais que je me laisserai tomber dans mon fauteuil, que je tremblerai en versant des larmes, ou bien que je continuerai à arpenter de long en large cette pièce, mon ultime refuge, en tendant une oreille attentive au moindre bruit menaçant. Hyde mourra-t-il sur l'échafaud ? Ou bien, au dernier moment, aura-t-il, de sa propre main, le courage de se libérer ? Dieu seul le sait. D'ailleurs, peu m'importe.

Voici venue l'heure de ma vraie mort. Ce qui suivra ne concernera qu'un autre moi-même. Je vais cacheter l'enveloppe contenant ma confession. Alors sera terminée la vie de l'infortuné docteur Jekyll.

Quelle ville plus mystérieuse que Londres, choisie comme toile de fond pour un récit fantastique ? En effet, le fameux *fog* londonnien semble dissimuler les méfaits les plus inavouables. On comprend alors que les écrivains anglais du XIXe siècle aient souvent choisi la capitale du Royaume-Uni en guise de cadre pour leurs récits (*Jack l'Éventreur* ; la plupart des romans d'Agatha Christie et bien sûr *L'étrange cas du Dr Jekyll et de Mr. Hyde*) puisque la simple évocation de la ville de Londres confère ainsi une dimension inquiétante au texte. Mais, outre le choix de la ville, la magie fantastique de Stevenson réside également dans la description du laboratoire du docteur. À l'époque, la médecine est une science nouvelle, en plein développement. En ce sens, elle attire, intrigue et obsède... Le thème du laboratoire et du « savant fou » connaît alors un vif succès auprès des écrivains. Stevenson fait partie de ces derniers. Mais il pousse plus loin le phénomène en mêlant l'idée d'un dédoublement de personnalité et d'un manichéisme latent... Son héros est donc assimilable à un monstre, à la croisée du monstre humain de Victor Hugo dans *Les Misérables* et de celui, imaginaire, du Docteur Frankenstein. Ainsi l'œuvre de Stevenson est en quelque sorte le roman d'un cauchemar construit autour d'une enquête sans filet, au suspense haletant... Mais l'auteur réalise un véritable tour de force final en rendant coupable celui que l'on accusait le moins au cours de la lecture... Quelle audace !

Table

« Pour l'éditeur, le principe est d'utiliser des papiers composés de fibres naturelles, renouvelables, recyclables et fabriquées à partir de bois issus de forêts qui adoptent un système d'aménagement durable. En outre, l'éditeur attend de ses fournisseurs de papier qu'ils s'inscrivent dans une démarche de certification environnementale reconnue. »

Composition JOUVE – 45770 Saran
N° 895732X

Achevé d'imprimer en Italie par Rotolito Lombarda
32.10.2511.7/06 – ISBN : 978-2-01-322511-3

Loi n° 49-956 du 16 juillet 1949 sur les publications destinées à la jeunesse.
Dépôt légal : juin 2012